最想知道的日本汉诗

——日本汉诗名家的诗作与情怀

（日）宇野直人 著

李寅生 译

凤凰出版社

图书在版编目（CIP）数据

最想知道的日本汉诗：日本汉诗名家的诗作与情怀 / （日）宇野直人著；李寅生译. -- 南京：凤凰出版社，2022.9
ISBN 978-7-5506-3718-4

Ⅰ. ①最… Ⅱ. ①宇… ②李… Ⅲ. ①汉诗－诗歌研究－日本 Ⅳ. ①I313.072

中国版本图书馆CIP数据核字(2022)第151653号

书　　　名	最想知道的日本汉诗——日本汉诗名家的诗作与情怀	
著　　　者	（日）宇野直人 著　李寅生 译	
责 任 编 辑	陈晓清	
装 帧 设 计	徐　慧	
出 版 发 行	凤凰出版社(原江苏古籍出版社)	
	发行部电话 025-83223462	
出 版 社 地 址	江苏省南京市中央路165号,邮编:210009	
照　　　排	南京凯建文化发展有限公司	
印　　　刷	江苏凤凰数码印务有限公司	
	江苏省南京市栖霞区尧新大道399号,邮编:210038	
开　　　本	880毫米×1230毫米　1/32	
印　　　张	5	
字　　　数	125千字	
版　　　次	2022年9月第1版	
印　　　次	2022年9月第1次印刷	
标 准 书 号	ISBN 978-7-5506-3718-4	
定　　　价	78.00元	

（本书凡印装错误可向承印厂调换,电话:025-57718474）

目　录

1

序

　　进入 21 世纪，人们观察日本及日本人的时候，已经有了各种各样的角度，日本汉诗也被人们再次发掘、关注、利用。据平成二十六年(2014)九月二十三日和十月五日《东京新闻》副刊报道：由于利用互联网的缘故，作诗的条件有了更多变化，日本年轻女性中的汉诗爱好者激增。这固然是兴趣所致，但日本小学"国语"和"道德"教材收录了一些汉诗中的名句，给喜爱创作汉诗的人增加了信心。

　　日本人创作的汉诗散见于各个朝代，读这些名家的诗作，仿佛欣赏一个多彩的世界，由此也可以体会日本人的精神层面。

　　汉诗表现了日本人的内心世界，那就是对"公平和正义的感受"，而探究风花雪月及男女间的微妙情愫，并不是汉诗最关切的。社会将如何发展？每个人的人生目标怎样去实现？表现与考察社会、人生的轨迹，这些都是汉诗最常吟咏的。

　　日本汉诗发展至五山诗僧和江户时期，狂诗、戏谑诗已经出现，夏目漱石诗中深邃的一面也被挖掘出来。这些诗作，均体现了汉诗创作的多样性及其博大精深。

　　正如一休和良宽的汉诗表现的那样，汉诗创作很多是对社会现实的讽刺和对政治的批判。

如果阅读本书能够让读者感受到日本汉诗的魅力和生命力，本人将不胜欣慰。

本书的出版得到勉诚出版社吉田祐辅社长的鼎力相助，在此表示衷心感谢。

宇野直人

平成三十年(2018)八月二十二日

出版说明

一、本书收录的诗文文体，以明治四十五年（1912）三月二十九日官方刊登的报告《汉文的句读·语音顺序符号·添假名（为汉文添加的注释及读法。译者注）》为标准。

二、使用假名时，在汉诗文的下面使用日语的文语体正式假名，其他原则上使用现代假名（词组、关键词例外）。下面的汉字振假名、字训、字音一律使用正假名。

三、汉诗文题目使用正假名。但如"富士山""本能寺"等名词，也如《读家书》《春衣宿花》一样，多出现在文字的下方。

四、原诗中除一部分古体诗之外，均对押韵字标以符号。平韵用●·○，仄韵用▲·△·◎表示。

五、本书为宇野直人教授向日本读者介绍日本汉诗的读物，原书每首诗之下都有注释一栏，解释诗中的字、词，但对中国读者过于浅显，故只保留个别汉诗的注释一栏，大部分汉诗都直接释读。

六、书中的页下注为宇野直人教授原书所有，为方便中国读者，译者对书中涉及的一些日本历史人物、事件、地名以译者注的形式进行简要注释。

七、本书第八章中的插图为抒情画大师蕗谷虹儿的大作《真间手儿奈》。谨向允许使用这幅画作的蕗谷虹儿纪念馆前馆长蕗谷龙夫先生致以谢意。

第一章　儒臣的本心——菅原道真

汉诗与日本人的关系十分密切,在飞鸟时代(古代日本的一个历史时期。始于日本第一位女天皇——推古天皇即位的592年,止于迁都平城京的710年,上承古坟时代,下启奈良时代。较为重大的事件有圣德太子改革、大化改新、白江村之战等。译者注)也就是公元7世纪下半叶,日本人已经不仅能够"读"汉诗,而且进入"自己创作"汉诗的阶段。一千二百多年来,汉诗成为日本人表达内心世界的文学形式。

日本人的诗歌有短歌和俳句,俳句的历史很悠久。短歌和俳句是汉诗之外的表现形式。

日本各个时代都有汉诗诗人出现。本章以"儒臣的本心"为题,介绍平安时代的菅原道真(845—903)其人其诗。

菅原道真(在日本,其人相当于中国的孔子。译者注)是一位学识与才华兼具的学者,也是一位务实的政治家。

先祖及家庭环境

据传菅原道真的远祖是垂仁天皇的廷臣野见宿祢①,被赐姓土师。改菅原之姓的是道真的曾祖父菅原古人。菅原古人是担任过桓武天皇侍读、大学头(日本古代国家最高学府的负责人,为大学中的最高行政长官,即大学校长。天智十年[671],日本创办官办学校,行政长官称学职头。译者注)和文章博士的饱学之士,他奠定了菅原家族作为学问世家的特殊地位。

菅原古人之子菅原清公曾随最澄和尚与空海和尚一起西渡大唐,回国后担任大学头,不久晋升为文章博士、侍读。在平安初期的嵯峨天皇时代,菅原清公对日本的唐化政策起了很大的推动作用,被誉为"儒门领袖",他是菅原道真的祖父。

菅原清公之子、道真之父菅原是善也是文章博士、大学头,培养了众多人才。道真之母大伴氏贤良端正,在道真十五岁元服(中国以及日、朝、越等汉文化圈男子的成人仪式,主要是改变发型和服饰,加冠,废止幼名,起正式的名字。男子元服年龄多在十一岁至十七岁。译者注)之际,她作诗勉励儿子:"蟾宫折桂岁月久,继承家风日月长。"

仕宦与浮沉

道真自幼便文采出众,二十三岁获得文章得业生(日本古代的

---

① 《日本书纪》记载,菅原道真家族的祖先野见宿祢为出云(今岛根县)人,奉敕与相扑之祖当麻蹴速(蹶速)对战,并将其斩杀,之后被朝廷重用。皇后日叶酢媛命去世时,野见宿祢建言以埋葬土偶陶俑代替以活人殉葬的风俗,被天皇采纳,因而被赐予土师之姓。在日本各地的宿祢神社中,他也是菅原氏、大江氏的祖先。

一种学制。完成这种学制后可取得一定的身份，并获得相应的官职，一般为正六位下。译者注），三十三岁担任文章博士。其父菅原是善为道真的晋升而高兴，但也对其仕途将面临的凶险充满忧虑。父亲担心其他儒者对道真的嫉妒和中伤，更担心藤原氏势力在朝廷不断扩张，将威胁菅原家族的地位。

　　道真步入仕途时才三十多岁。此时，菅原家塾培养的人才，其祖父、父亲的许多门人也遍布官场。菅原家族的女子，多人被选入后宫，因与皇室结亲，其家族势力得到巩固。菅原道真时代，日本施行律令制（又称律令体制，是中央集权的统治制度，源于中国唐代。奈良时代的日本在唐律的基础上，结合其国情，建立了较为完备的日本律令制。译者注）。后来，以藤原氏为首的门阀独占了官场，藤原氏之外的官员受到天皇的冷遇。

真情的灵魂告白

　　菅原道真十一岁开始师从岛田忠臣（828—892），在他的指导下学习作诗。岛田忠臣是其父菅原是善的门生。菅原道真所作的五言绝句《月夜见梅华》是他最早的诗作，收录在《菅家文草》卷首的第一篇。

> 月耀如晴雪，梅花似照星。
> 可怜金镜转，庭上玉房馨。

　　菅原道真最终成为日本平安时代首屈一指的汉诗诗人，下面一首是他三十岁时的作品。

月冈芳年画"月百姿"中的菅原道真形象（日本国立国会图书馆藏）

雪中早衙
七言律诗(上平·十二文)

风送宫钟晓漏闻,催行路上雪纷纷。
称身着得裘三尺,宜口温来酒二分。
怪问寒童怀软絮,惊看疲马蹈浮云。
衙头未有须臾息,呵手千回着案文。

【释读】

这首诗作于贞观(日本清和天皇及阳成天皇的年号[859—877]。译者注)十六年(874),菅原道真担任民部少辅(主管民政和租税的次官。译者注)。诗中描写冬日清晨骑马赴官厅途中所见。

风送宫钟晓漏闻,催行路上雪纷纷。

太阳还没有出来,在昏暗的晓色中骑马赶赴官厅。冷风扑鼻,寒风中传来宫中的钟声。

称身着得裘三尺,宜口温来酒二分。

自己穿着"裘",即皮大衣,有三尺长。因为天气寒冷,需要喝一口酒来暖暖身体。相对于"十分"而言,"二分"的饮酒量是非常少的。

怪问寒童怀软絮,惊看疲马蹈浮云。

路上偶遇一位"寒童",穿着"软絮"。"软絮",柔软的棉絮,但作者好像想到了"柳絮"。柳絮,是柳树的种子,上面的白毛在春风的吹拂下,如积雪一般堆积在地面。东晋才女谢道韫少女时代曾以柳絮比喻下雪(《世说新语》言语篇),道真公借用这个掌故,也以柳絮来比喻下雪。"惊看",表现我心难安之情。"疲马",疲劳地行走。我乘马如"浮云"一般,像在流云上行进。在皑皑白雪中骑马前行,作者产生了如同在浮云上行走的错觉。因为不习惯在雪地行走,马也步履蹒跚,如同踏着浮云一样,人和马的内心都有一种恐惧感。

衙头未有须臾息,呵手千回着案文。

到达工作的"衙头"后,休息"须臾",即很短的时间,便要马上"呵手"工作了。"呵手",是对着手吹热气,为暖手的动作。不停地呵手,是为了手暖之后投入工作。"案文",在官厅书写文案。

这首诗可能是作者在官厅正式开始工作之前的恳亲会上所作。菅原道真当时居于次官之位,以诗言志,并把自己工作的真实状况反映出来。在表现"勤于公务"方面,不由令人想起杜甫的五言律诗《春宿左省》来。

仁和二年(886),四十二岁的菅原道真被贬到四国的赞岐(今香川县)担任赞岐守。他勤于政务,注重倾听民众的呼声,并以这些为政体验作为素材,创作了许多诗歌。

到任这年初冬,道真作了《寒早十首》。这组诗以赞岐百姓的贫困生活为主题,每一首诗都站在百姓的立场,描写他们生计的艰辛,具有实录的性质。诗中写了老鳏夫、受雇的水手、渔人、樵夫……下面是"其九"。

寒早十首　其九

五言律诗(上平·十一真)

何人寒气早,寒早卖盐人。
煮海虽随手,冲烟不顾身。

　　　　旱天平价贱,风土未商贫。

　　　　欲诉豪民榷,津头谒吏频。

【释读】

　　诗中描写了一群穷苦盐民的生活,诗人对他们表示了深深的同情。专卖商人榨取盐民的劳动价值,垄断盐的专卖,贫困的盐民为了生计不得不辛苦地工作。

　　　　何人寒气早,寒早卖盐人。

　　什么人在寒冷的早晨起得这么早呢? 那是贫寒的盐民。

　　　　煮海虽随手,冲烟不顾身。

　　煮海水的过程中有大量浓烟冒出,浓烟弥漫,盐民仍然紧张地劳作着,非常辛苦。

　　　　旱天平价贱,风土未商贫。

　　"旱天",持续的晴天。持续晴天,天气炎热,只有这样的天气才能煮出合格的盐。但盐的价格却很低,没有什么利润可赚。因为有地利优势,制盐业成为赞岐当地重要产业。豪强与盐商勾结在一起,垄断了制盐业,盐民过着贫困的生活。

　　　　欲诉豪民榷,津头谒吏频。

　　制盐的利润被"豪民榷",于是盐民忍无可忍,控诉垄断制盐业的豪强,他们频繁到码头去见"吏",向当权者表达他们的诉求。

　　《寒早十首》是一组充满实录风格的讽谏诗,充满了儒者的仁心,确立了菅原道真的诗风,奠定了菅原道真诗歌划时代的地位。

在赞岐,菅原道真过着与在京都不一样的生活,他把赞岐生活情景写成诗歌,形成一系列"生活诗"。

旅亭岁日招客同饮

七言律诗(上平·十灰)

招客江村岁酒杯,主人多被旅情催。
家儿浅酌争先劝,乡老多巡罚后来。
愁戚去年分手出,笑容今日两眉开。
欲知倒载非阳醉,舟楫渔竿遗置回。

【释读】

这首诗为仁和三年(877)正月,菅原道真四十三岁时所作。

招客江村岁酒杯,主人多被旅情催。

第一、二句是说新年没有在都城过,而是羁留在旅店。作者被乡人当作客人招待,在村中喝着新年的美酒,生发出"旅情",即羁旅之中的感慨。如果像去年一样在都城生活,那么元旦这一天一定会参加宫廷的宴会,和天皇一起庆贺新年。现在来到赞岐,只能与村中的乡老一起饮酒,想到这些,不免心生感慨。

家儿浅酌争先劝,乡老多巡罚后来。

菅原道真的夫人和长子留在都城,只有二儿子、三儿子随他到赞岐。"家儿",指这两个儿子;"浅酌",稍稍喝一点酒的意思。第三句为儿子们的劝酒词。"争先劝"是先后劝酒之意,不仅是劝自己,也是在劝客人。第四句写一方面接受"乡老"的劝酒,一方面对"后来"即迟到的客人罚酒。被罚的客人不得已喝完酒,虽然有些强迫之意,但宴会却非常热闹。

> 愁戚去年分手出,笑容今日两眉开。

"愁戚",悲愁之意。令人悲愁的是,去年与家人、亲友分别后离开都城,但是今天却有了"笑容",而且"两眉开",眉头舒展,悲情也由此止住。宴会上欢乐的气氛,被写在这两句中。

> 欲知倒载非阳醉,舟楫渔竿遗置回。

"倒载",在车中倒卧,是醉酒的表现。"阳醉",假装喝醉的样子。在今天的宴会上,大家都因喝醉而在回家的车上倒下了。这其中或许有人是在装醉,那就要看他是不是把"舟楫渔竿"都忘在脑后了。

这首诗是作者在赞岐与村中的乡老一起参加新年聚会时所作,诗中没有朝臣贵族,是一首令人产生亲切感的作品。与这首诗相类似的,是陶渊明与村中邻人交游的几首诗,还有杜甫与村中老农开怀畅饮的五言古诗《遭田父泥饮美严中丞》,菅原道真应该是学习、模仿了杜甫这首诗。虽然菅原道真更多是受到白乐天诗的影响,但这首诗却能看到杜甫诗的痕迹。

飘落之感与左迁之情

菅原道真在赞岐勤勤恳恳工作四年后被调回都城,他逐渐得到宇多天皇的信任,并在天皇的支持下进行改革,但改革却受到势力进一步扩张的藤原氏的牵制。虽然改革成果不够理想,但在这几年中,菅原道真每年都得到了提拔。因为菅原氏家族弟子众多,当时朝廷官员的半数都出自菅原氏的私塾。菅原道真的声望达到顶点,但不久便遇到了麻烦。

宽平七年(895)公卿一览

右大臣	藤原良世(74)
大纳言	源能有(51)
中纳言	藤原时平(25) 源光(51) 菅原道真(51)
权中纳言	藤原国经(68)
参议	藤原有美(48) 源直(66) 源贞恒(40) 藤原有穗(58) 源湛(51) 藤原高藤(58) 源希(47) 源升(37)

(摘自平田耿二《被抹掉的政治家菅原道真》,表中括号内为年龄)

上图引自平田耿二先生的著作,为宽平七年(895)政府高官、公卿一览表。在全部 14 人的名单中,其中 6 人为藤原氏,7 人为源氏。藤原氏和源氏为天皇赐姓,是最有权势的贵族,这两个家族出身的人,几乎占据了所有公卿之位,剩下的一个人,便是菅原道真。

菅原道真此后虽然晋升为右大臣,但仍然遭到藤原氏及部分贵族的排挤。昌泰四年(901)一月,菅原道真被贬为九州福冈的大宰权帅,这年他五十七岁。

在左迁之地,菅原道真作了许多诗,其中不乏表达对朝廷、对天皇的忠心之句。如七言律诗《不出门》("一从谪落就柴荆")、七言绝句《九月十日》("去年今夜侍清凉")。菅原道真是一位屡遭贬黜却不怨恨君主的忠臣,他的诗经常被选入日本教科书中。

磊落的胸襟

菅原道真左迁时期的诗有两首引人注目,来看一下《读家书》。

读家书
七言律诗(上平·六鱼)

消息寂寥三月余,便风吹著一封书。
西门树被人移去,北地园教客寄居。
纸裹生姜称药种,竹笼昆布记斋储。
不言妻子饥寒苦,为是还愁懊恼余。

【释读】

先解读前四句,"消息"指书信。虽然"消息寂寥三月余",但还是由"便风"吹来了家信。"便风",这里指方便的风、幸运的风。幸运的风吹来了一封家信,夫人在信中向他描述了家中房子周围的变化。西门的树"被人移去",实际上是被人买走了。因为家里经济困难,所以才不得不卖树。"北地",庭院北面。庭院北面被客人住了,让别人在自家院子里住,大概是为了收取租金、增加收入吧。

纸裹生姜称药种,竹笼昆布记斋储。

"纸裹生姜",制作药材的原料。当时菅原道真经常生病,需要用生姜来做一味药引。"竹笼昆布",斋戒物品。祭祀之前,要清洁身体,保持内心的清净。夫人给他捎去昆布(海带科植物或翅藻类植物昆布的干燥叶状体。译者注),为斋戒作准备。

11

不言妻子饥寒苦,为是还愁懊恼余。

在信中,妻子没有说自己和孩子窘困贫寒的生活,正因为如此,才更让菅原道真感到心酸和悲哀,增添了他的痛苦和烦恼。

此诗受到杜甫的影响,安史之乱中,杜甫离开家人,独自在外漂泊。诗题与第一、二句,集中反映出菅原道真学习杜诗的痕迹,如诗题"家书"、第一句的"三月"即是这方面的例证。第一句中的"消息",第二句中的"一封书",均为菅原道真从杜甫在安史之乱期间创作的诗中衍化而出("消息"出自五言律诗《对雪》,"一封书"出自五言古诗《述怀》)。这些写法令人想到杜甫《春望》中的句子:"烽火连三月,家书抵万金。"

再来看《谪居春雪》,该诗是菅原道真一生中最后一首作品,收录在他的诗集《菅家后草》卷末。这是菅原道真五十九岁去世的那一年即延喜三年(903)的早春之作。新年之后,他写下这首诗,二月二十五日,他便离开了人世。

谪居春雪
七言绝句(下平·六麻)

盈城溢郭几梅花,犹是风光早岁华。
雁足粘将疑系帛,乌头点著思归家。

【释读】

诗题"谪居春雪",是指在流放的生活中看到的春雪,描写了早春的雪后景色。"谪居",被流放到远方,并居住在那里,如白居易《琵琶行》中"谪居卧病浔阳城"之句。这里是指住在九州福冈的太宰府。

盈城溢郭几梅花,犹是风光早岁华。

"城",街道。"郭",外城。天降大雪被比喻成白色的梅花,无论内城还是外城,都成了银装素裹的世界,好像覆盖了满地的白色梅花一样。"早岁",一年之始。

菅原道真喜欢梅花,五岁时就写过一首和歌赞颂梅花。

东风吹,梅香满人间。

纵然无主,勿忘春来到。

这首七言绝句又写了梅花,说明菅原道真对梅花非常喜爱。

雁足粘将疑系帛,乌头点著思归家。

"粘将",粘上,沾上。"将",动词之后的助词。如白居易《卖炭翁》"宫使驱将惜不得"、《长恨歌》"钿合金钗寄将去"之句。"雁足""乌头",均是源自中国的故事。"雁",典出中国汉代苏武之事。汉武帝时,苏武作为汉朝的使节出使匈奴,被扣留下来,在十九年的牧羊生活中,苏武始终坚守气节。汉昭帝时,匈奴向汉朝求和,汉朝派来的使者要求释放苏武,匈奴王诈称"苏武已死"。汉使机智地说:"汉天子在上林苑打猎,射落了一只大雁,雁足上系着苏武的信。"匈奴王非常吃惊,于是允许苏武回国(《汉书·苏武传》)。菅原道真在诗中用"雁"比喻在异国他乡生活了很长时间的人。"乌头",源于"乌白头"的典故。战国末年,燕国太子丹在秦国当人质,丹非常想回到燕国。秦王不怀好意地告诉他:"你如果想回家,除非乌头变白、马生犄角,那时才放你回去。"乌白头、马生角都是不可能的事情,太子丹听到这些十分绝望,不由得仰天而泣。可能是苍天有眼,奇迹发生了,几乎所有的乌头都变白了,马也长了角,于是秦王不得已释放了太子丹(《燕丹子》)。这两句是说,看到飞雁脚上粘着的白雪,好像看到了帛书;乌头变得如同白雪一样,令人非常想家。

　　作者在诗中强调的是思乡而不能回的沉痛心情。"乌头"即白头乌,一向被认为是不祥的鸟。这种鸟一旦出现,必定会出现谋反之事。杜甫七言诗《哀王孙》"长安城头头白乌,夜飞延秋门上呼",便是对在安史之乱中躲避在民间的王族的哀怜之词。宋代《杜工部草堂诗笺》为这两句诗作注时引用了《三国典略》中将军侯景发动叛乱、篡夺梁政权时,大量白头乌聚集的记载。菅原道真看见白头乌,便联想到都城也许发生了不祥的事情。他盼望早一点回到都城,并且希望能得到天皇的帮助。只有得到天皇帮助,他才能过上正常的生活。正因为如此,他才说到思乡、思国之事,诗中明确表达的是一位儒者的拳拳之心。

　　由此令笔者想起关于菅原道真的"飞梅传说"。据说菅原道真左迁之前,与家中的梅花、松树惜别,梅花和松树便随着道真飞向天空,奔向太宰府。松树在途中耗尽了力气,梅花飞到了太宰府,并且生根开花。梅花象征着菅原道真的品格,松树象征着他的命运。菅原道真一生坚守儒者的志向,鞠躬尽瘁,不计得失。从菅原道真一生最后这首诗中,我们可以深入到他诗外的精神世界。

第二章　五山之魂——咏富士山

日本人创作汉诗，大约始于公元 7 世纪下半叶的飞鸟时代，一直持续到奈良、平安时代。平安时代，日本人的汉诗创作已经跨越模仿阶段，取得了独立创作的成就。此后经镰仓、室町时代，迎来江户时代。江户时代是日本汉诗创作大发展时期。

前面一章谈到平安时代菅原道真的汉诗，这一章按照时间顺序说一下镰仓至室町时代的汉诗。

中世的富士山诗

在持续近四百年的平安时代，汉诗作为表达思想、感情的文学形式被传承下来。之后的镰仓时代是武家政治的舞台，在关东地区，汉诗更经常触及政治、文化方面的内容。当时，禅僧由于获得武家信任而得以开展活动，他们渡海去中国（宋元时期）学习，进行汉诗创作和汉籍研究。以京都、镰仓的五大寺庙为中心，禅僧的创作成就被称为"五山文学"。室町时代前半期，是五山文学的辉煌时期。由于日中禅僧之间频繁的文化交流，中国文学艺术的新动态经常反映在日本汉诗中,这也是五山文学的特色。日本禅僧学习唐诗,从平安时代开始学习白居易,继而又学习李白、杜甫,中国的诗集《三体诗》(南宋周弼编)在日本广泛流行。作为宋诗的代表,苏轼、黄庭坚的作品也受到欢迎,五山文学受苏、黄二人诗风的影响最大。

因为要具体探究五山汉诗的特色,故选取以富士山为主题的汉诗进行研究释读。

平安时代,日本和歌吟咏富士山的作品见《万叶集》,汉诗吟咏富士山的作品并不多见。在散文作品中,平安初期的都良香(834—879,日本平安时代前期的文官、著名诗人,官至文章博士,参与编纂《日本文德天皇实录》,有诗集《都氏文集》三卷。译者注)有《富士山记》(《本朝文粹》卷十二、《群书类丛》卷一三五)。吟咏富士山的汉诗出现在镰仓至室町、五山之时。五山诗僧经常往来于镰仓和京都之间,在途中能望到富士山。描写富士山的诗,在江户时代非常多,而且出现了不少名作。

富士山之咏的完成式

首先来看一下江户时代大诗人石川丈山①的七言绝句。

---

① 石川丈山(1583—1672),江户初期文人,名重之,字丈山。三河(爱知县东部)人。丈山曾仕于德川家康,参加了大坂夏之阵(1614 年[庆长十九年]—1615[庆长二十年、元和元年]德川家康与丰臣秀吉之间的争权战争,作战范围主要在大坂城[今大阪府大阪市中央区]附近,其中包括 1614 年 11月—12月的大坂冬之阵以及 1615 年 5 月的大坂夏之阵[在 6 月 4 日,即农历五月八日结束],也常称之为大坂战役。大坂夏之阵是大坂战役的一部分,是日本历史上扭转乾坤的关键一战。这场战役后,作为战胜方的德川家族统一了日本,结束长达一百多年的战国时代,进入大一统时期。译者注)。其后,从藤原惺窝学习儒学,晚年在京都筑诗仙堂闲居。与释元政一起被称为江户初期的代表性诗人,著作有《覆酱集》。

富士山

七言绝句（下平·一先）

仙客来游云外巅，神龙栖老洞中渊。
雪如纨素烟如柄，白扇倒悬东海天。

【释读】

这首诗为元和九年（1623）作者四十一岁时所作。

仙客来游云外巅，神龙栖老洞中渊。

第一、二两句为对句，是对富士山顶景象的想象，强调的是神秘。"仙客"，旅行的仙人，这里是说有旅行的仙人"来游"。"游"，并不是现代意义的"旅游"，而是往来巡游之意。旅行的仙人到处巡游，来到云中的富士山巅。"云外"的"外"，为结尾用词，表示方向、方位的意思。"神龙"，盘踞在富士山顶洼池中的龙，传说这条龙常在山顶洞窟的深渊中栖息。作者把这些传说写入了诗中。

雪如纨素烟如柄，白扇倒悬东海天。

山顶的万年积雪被称为"纨素"，如同白色的丝绸；云气如烟，如同扇面倒置。这两句描写当时的富士山云雾缭绕的样子，八十多年之后（1707），富士山西南侧中部的火山喷发，形成新的火山（宝永山和宝永火口）。富士山喷发出的火山烟雾和富士山的形状，被石川丈山真实记录下来。

下面一首诗为江户后期柴野栗山①的作品。柴野栗山为江户时

---

① 柴野栗山（1736—1807），江户后期儒学家，名邦彦，字彦辅，（注转下页）

代的大儒,是"宽政三博士"中的翘楚,是老中(江户幕府官职名。职位大致和镰仓幕府的连署、室町幕府的管领相当,是征夷大将军直属的官员,负责全国政务。在大老未设置时,是幕府的最高官职。定员四至五名,采取月番制轮流管理不同事务,原则上在二万五千石领地以上的大名中选任。译者注)松平定信推行"宽政改革"的得力干将之一。

栗山纪念馆(宇野直人摄)

咏富士山

五言律诗(上平·二冬)

谁将东海水,濯出玉芙蓉。

(续上页注)号栗山,赞岐(香川县)高松人。柴野栗山曾在江户的昌平簧(见第四章注释)等藩校学习,后出仕于阿波藩(德岛县)。天明八年(1788),任昌平簧教授。自获生徂徕(1666—1728)排斥朱子学、提倡古学以来,江户从其学者甚多,栗山以朱子学为正宗,并对朱子学进行了深刻阐述。在老中松平定信推行"宽政异学之禁"中起了很大作用,与尾藤二洲、古贺精里并称为"宽政三博士"。主要著作有《栗山堂文集》《栗山堂诗集》等。

　　　　蟠地三州尽,插天八叶重。
　　　　云霞蒸大麓,日月避中峰。
　　　　独立原无竞,自为众岳宗。

【释读】

　　　　谁将东海水,濯出玉芙蓉。

　　不知是谁用东海的清凉之水,浇灌出这如宝玉一样漂亮的莲花。诗句把富士山比喻成如宝玉般漂亮的莲花。

　　　　蟠地三州尽,插天八叶重。

　　"三州",甲斐(山梨县)、相模(神奈川县)、骏河(静冈县)三地。富士山在大地延展,已漫延至甲斐、相模、骏河三个地区,成为中心。"插天",伸向天空中,富士山海拔 3776 米,故如此说。富士山的八座山峰直插天空,如同八朵莲花一样。

　　　　云霞蒸大麓,日月避中峰。

　　"云霞",被大范围的云覆盖,就像山蒸腾起来一样。"麓",从横的方向感受,随着目光上移,看到"日月",即太阳和月亮。"中峰",富士山最高峰,太阳和月亮都要避开它,强调了富士山的高峻。
　　这几个对句非常完美,第三句的"地"与第四句的"天",以及数字"三"和"八"、动词"尽"与"重"也是这样。"云霞"与"日月"、"蒸"与"避"、"大麓"与"中峰",均对仗严整。

　　　　独立原无竞,自为众岳宗。

富士山独立高耸,其他山峰无法与之相比,与众不同。大自然的造化,让富士山成为山岳的王者。这首诗气魄宏大,涵义深远。中间四句,"地"与"天"、"麓"与"峰"对仗工整,表现手法和谐统一。全诗结构严密,堪称名作。

五山诗僧所看到的富士山

以上选取江户时代两首吟咏富士山的汉诗经典之作,它们都把日本第一灵峰富士山作为神山来吟咏。下面介绍一下在此之前的五山时代吟咏富士山的汉诗。

先来了解中岩圆月①名为《富士山》的诗。这是在旅途中所作,描写富士山下的茶屋。

富士山
七言绝句(上平·十四寒)

春风泥深行路难,途中借宿待晴干。
士山影落茶杯底,吞却天边雪一团。

【释读】

春风泥深行路难,途中借宿待晴干。

我行走在春风吹拂的路上,但道路泥泞,步履艰难,只好在途中

---

① 中岩圆月(1300—1375),临济宗僧人,姓平,为土屋氏,名圆月,中岩为道号。中岩圆月是桓武天皇的远孙,曾师从东明禅师和虎关师练,二十六岁时渡元学习。元弘二年(1332)回国,恰逢后醍醐天皇开始推行新政(建武中兴),中岩圆月就政治、宗教有关问题向后醍醐天皇进言。他精通朱子学,诗学李白、杜甫和宋诗,是初传《三体诗》到日本的人。

"借宿"，住在馆舍等待"晴干"。"晴干"，天晴之后道路被晒干。在馆舍抬头一望，看到耸立于面前富士山。

　　　　士山影落茶杯底，吞却天边雪一团。

　　"士山"，指眼前的富士山。"影"，影子的意思，但也有姿和光的含义，可以解释为富士山的雄姿已完全映现在茶杯里。"吞却"，一饮而尽。"却"，附在动词之后，是表示动词结束的接尾语。"天边雪一团"，富士山如同天边的一团雪一样。白雪皑皑的富士山雄姿映在茶杯中，被我一饮而尽。后两句，让人感到一种大气磅礴的气势。

　　江户时代著名儒者龟田鹏斋①也留下吟咏富士山的诗。

望富岳二首　其二
五言绝句（上平·一东）

富峰千丈雪，寒光落杯中。
倒饮杯中影，胸中生雄风。

【释读】
　　诗的前半部分写富士山倒映在自己的酒杯中，作者一边欣赏富

---

　　①　龟田鹏斋（1752—1826），江户后期儒学家。名翼，后改名长兴，字图南、公龙、稚龙，号鹏斋。江户人。他师事井上金峨（1732—1784，折中学派儒学者。出生于常陆笠间藩医之家，后定居江户，成为民间儒者。译者注），与山本北山志趣相投，属于批判古文辞学派，当时日本诗坛已由尊唐转为宗宋。后因反对宽政异学之禁而回家闲居，又到各地漫游讲学，与佐羽淡斋和良宽交游。龟田鹏斋一生未仕，他贩卖书画，终日以诗酒为伴。其著述甚丰，有《论语撮解》《善身堂诗钞》等。

士山的雄姿,一边饮酒。后半部分写将杯中的酒一饮而尽,并抒发了作者的情怀。"倒",是强调动作急促的副词。把杯中的富士山喝干,我的胸中便会荡起"雄风",如同强劲的风吹过。我将这杯酒一饮而尽,胸中激情澎湃。

再来看一下诗僧古剑妙快(日本临济宗僧人。古剑为其字,姓氏、生卒年与年龄均不详。他早年出家,入梦窗疏石门下,后渡海来中国,遍游诸山,先后参谒恕中愠、楚石琦、穆庵康等人。返回日本后居京都,受幕府将军足利义满信任,住建仁寺。长于文字,与绝海中津、义堂周信并称于世,有《语录》与《了幻集》行世。译者注)的汉诗。

和韵送侍者登富士
七言绝句(上平·二冬)

富士榑桑第一峰,青天兼雪白云重。
犀牛扇破时炎热,绝顶高寒别有冬。

【释读】

这是古剑妙快送友人登富士山时,临别之际为友人写的一首诗,诗用了相同的韵。

富士榑桑第一峰,青天兼雪白云重。

"榑桑"为日本的别名,也作"扶桑"。富士山是日本的第一高峰,如同与碧空白云重叠在一起。

犀牛扇破时炎热,绝顶高寒别有冬。

诗的后半部分进入大胆的想象世界。"犀牛",牛魔王。牛魔王为《西游记》中的妖怪,本体为巨大的白牛;其妻为铁扇公主(罗刹女),常持一把名为"芭蕉扇"的铁扇。当然,《西游记》在当时还没有写成(最早的版本出现在十六世纪末),但原型已存在于宋、元以来的各种故事中,笔者推测这一时期故事已流传到日本。拼命地扇扇子,仍然有热气袭来,但富士山顶却是"高寒",如同冬天一样寒凉。大胆的想象给富士山披上了各种神秘色彩,但作者在这里特别强调的是富士山的寒凉。

在吟咏奇特的天外想象方面,下面这首诗也值得一读。天章澄彧(?—1430,五山时代诗僧。译者注)作有以富士山为主题的五首七言绝句,下面是其中的第五首。

富士山五绝　其五
七言绝句(上平·十一真)

海上奇峰画不真,连空晴雪玉尖新。
凭谁负走皇州地,六月高寒快万人。

【释读】

海上奇峰画不真,连空晴雪玉尖新。

漂亮的山峰是画不出来的,富士山具有描绘不出来的美,这是本诗的第一句。第二句描写在空中看到的富士山景色,以及阳光照耀下的山顶白雪,闪闪发光的白雪覆盖的山顶被形容为"玉尖新"。"玉尖",漂亮的手指,用美女白皙而漂亮的手指比喻富士山,想象奇特。

凭谁负走皇州地，六月高寒快万人。

"负走"，典出《庄子》，《庄子》"秋水"篇和"应帝王"篇中，有"使蚊负山"（派小蚊子背负大山）的成语。这里是比喻不可能的事，都城的夏天酷热难耐，真想把寒凉的富士山背负到京都去。这只能是一个梦想，但却是一种大胆奇特的想象。这首诗也堪称描写富士山的经典之作。

义堂周信的心境

下面介绍吟咏富士山的律诗，举例其中的一首，是五山诗最高峰、受人尊敬的义堂周信①的作品。

次韵赋富士山寄祖东传答"荷叶覆"之句
七言律诗（上平·十灰）

富山面目自天开，肯与群峰竞作堆。
六月雪飞天外雨，三冬龙奋地中雷。
岱宗谩说雄齐鲁，培塿饶他屹草莱。
为报诗人须颂德，莫将千仞赋高哉。

【释读】

据说有一位叫祖东传的有诗题为"荷叶覆"，作者使用了与祖东

---

① 义堂周信（1325—1388），南北朝时期禅僧。姓平，名周信，道号义堂，土佐（今高知县）人。初求学于比睿山，十七岁师事梦窗国师，并任圆觉等寺庙住持。五十五岁时，应足利义满将军之请赴京都，任建仁寺、南禅寺住持。因与足利义满关系密切，义堂周信指导他学习禅宗。义堂周信学识广博，通儒学、史学、诗文，与绝海中津并称"五山文学双璧"。据说他的文章传到中国明朝后，明朝人曾发出"这不是中国人之作吗？"的疑问。

传诗相同之韵吟咏富士山,遗憾的是祖东传的诗没有流传下来。

　　富山面目自天开,肯与群峰竞作堆。

　　"面目",形象、原来的样子。富士山不仅从地上仰望气势恢宏,从天上俯视也是如此,确实是别具一格的雄奇之山。正因为如此,富士山才"肯与群峰"比较,与群山"作堆"竞争。"肯……"的句式,表现的是一种积极的状态,写群峰是没法与富士山比高低的。

　　六月雪飞天外雨,三冬龙奋地中雷。

　　夏季,富士山上的积雪融化飞下,如同天上降下的雨一样。"三冬",冬季的三个月。第三句是写夏天,第四句是写冬天。在冬天的三个月会有"龙奋",栖息在富士山中的龙身体震动,发出雷鸣般的吼声。这两句描写与富士山有着深厚渊源的两个形象——"雪"与"龙"。

　　岱宗谩说雄齐鲁,培塿饶他屹草莱。

　　这两句把富士山与泰山作了比较。泰山在齐鲁之间耸立着,但实际上并非如此。"培塿",小山丘。作者以为,都说泰山雄峙齐鲁,但和富士山比,就像草原上的小山丘。"谩说雄齐鲁"沿袭了杜甫诗句:"岱宗夫如何? 齐鲁青未了。"泰山是什么样的山呢? 它矗立在齐鲁之间一望无际的绿色大地上。

　　为报诗人须颂德,莫将千仞赋高哉。

　　"为",强调。我在这里特别想强调的是,诗人(祖东传)给富士山之德以高度的赞誉。"须……",表示强调,一定要如此。"将千仞",富士山有千仞之高。"高哉",高的感叹之语。语出李白《蜀道难》:"噫吁嚱!危乎高哉!蜀道之难,难于上青天。"作者对富士山发出"高大啊!完美啊"的由衷赞叹。

这首诗前半部分四句表现了一种神秘、崇高之趣,后半部分四句把富士山与泰山作比较,由衷赞美了富士山,这也是诗打动人心的地方。

最后,笔者把杜甫《望岳》诗与五山诗僧吟咏富士山的诗略作比较。《望岳》是杜甫二十六岁漫游齐鲁大地时写下的吟咏泰山的名作,展现了杜甫的壮志和抱负。五山诗僧吟咏富士山的诗充满了奇特的想象,突出了论说的要素。这些诗歌都具有奔放的想象力和宏大的气魄,深深地留在读者心中。

第三章　狂癫之僧——一休宗纯

一休宗纯(1394—1481),室町前期大德寺派禅僧。幼入安国寺,一生放荡不羁,多怪异之举。

生于修行之时

应永元年(1394)正月元日,一休出生在洛西嵯峨大觉寺附近的草庵里。其母是后小松天皇的女官藤氏,为南朝系贵族之女,其父为后小松天皇。应永元年是南北朝统一的第三年,南北朝两派势力的对立并没有消除,第三代将军足利义满为了扩大权势,到处施展阴谋。后小松天皇及其近臣属于北朝系,而藤氏则为南朝系,南北派系之间存在着巨大矛盾。一休宗纯之母为了避祸从宫中逃出,离开京都,在草庵中生下一休宗纯。

一休自幼便生活在寺庙,并在那里长大。一休后来又到五山的寺院禅修,同时学习儒家思想与学问。三十五岁时,一休的师父象外集鉴去世,一休便开始游历。

长于乱世之中

从应仁之乱①发生直至七十四岁,一休一直辗转日本各地。他对当时禅宗的世俗化表示强烈不满,给予了无情讽刺。

当时,幕府政治混乱,地震和饥荒接踵而至,随后又有应仁之乱。这一时期,一休宗纯经常写批判幕府政治、讽刺社会现实的诗,同时,他还为重建被烧毁的大德寺而奔走募捐。七十八岁时,一休遇到盲女艺人森(森侍者),森给了晚年一休巨大的心灵慰藉。

文明六年(1474),后土御门天皇下诏,任命八十一岁的一休为大德寺第四十七代住持,修缮因应仁之乱而荒废的寺庙。七年后(1481),大德寺山门修复不久,一休宗纯圆寂,享年八十八岁。

一休的心灵历程

为了了解一休最初的心理轨迹,可以看一下他的自画像诗。

自 赞

七言绝句(上平·一东)

风狂狂客起狂风,来往淫坊酒肆中。
具眼衲僧谁一拶,画南画北画西东。

---

① 应仁之乱:指室町中期以京都为中心发生的大规模内乱,从应仁元年(1467)至文明九年(1477)持续了十一年。守护大名细川胜元与山名宗全严重对立,八代将军义政的继嗣问题使管领(辅佐幕府第一要职的将军)畠山、斯波也相继加入其中。细川一方的东军与山名一方的西军发生火并,京都被兵火烧成一片废墟,幕府的权威受到极大的挑战,守护大名的势力也随之削弱。之后,日本进入战国时代。

【释读】

诗题中的"赞",是在画面的边上题诗或写文,记录绘画的原因和感想。"自赞",是一休在弟子筋人为自己画的肖像画上题写的赞。

> 风狂狂客起狂风,来往淫坊酒肆中。

在这两句中,作者故意暴露自己的缺点。"风狂",可以说是形容一休的关键词。"风",此处有要自由的意思。"风狂"的"狂",这里并没有让人厌恶的意思,而是表示一种生活方式。理想高扬、观点与众不同,便为"狂"。"狂",孔子也对此有较高的评价(《论语·子路》等)。第一句中"狂"出现了三次,表现了一休无拘无束,向往自由、理想世界的流浪者("狂客"的"客",是指流浪者)形象。"狂"的理由在第二句中说明——一休宗纯经常出入风月场所。"淫坊酒肆",欢乐街、色情场所和酒肆。对和尚而言,出入这些场所属于破戒。

> 具眼衲僧谁一拶,画南画北画西东。

"一拶",禅语,匆促谈话(见入矢义高、古贺英彦《禅语辞典》)的意思,这里指大声叱责。在周围的和尚中,哪一位能批评我呢?如前半部分所述,此时的一休似乎应该受到斥责,于是才有了第四句。第四句源于禅语"指东画西",是说话时的手势动作,比喻说话避开主题、东拉西扯,是很多人的一种处世态度。

长门春草
七言绝句(下平·十二侵)

> 秋荒长信美人吟,径路无媒上苑阴。

荣辱悲欢目前事,君恩浅处草方深。

【释读】

这首诗是一休宗纯十三岁时所作,是他开始学诗时的作品。诗题中的"长门",指长门宫,汉代宫殿名,汉武帝皇后陈阿娇失宠后在这座宫殿居住。"春草",虽然是指春天的草,但这句诗让人产生"失爱之悲"的联想。《楚辞》中有这样的句子:"王孙游兮不归,春草生兮萋萋!"(《招隐士》)一休此诗的感情基调便来源于此。诗题四个字,表达了"失去宠爱的女性之悲"的主题。

秋荒长信美人吟,径路无媒上苑阴。

诗题中虽然有"春",但第一句却是"秋"。说是春,表达的却是秋,是指"秋天寂寞的宫殿"。"长信",西汉宫殿名,成帝时,班婕妤曾得宠于一时,后失宠,便在这个宫殿居住。在如秋天一样寂寞的春日的长信宫中,传出的是美人的悲叹之声。"吟",有口中吟诗之意,也有烦恼、悲叹、呻吟的意思,这里应该是二者兼而有之。"径路",指与某人有关的小道,"媒",中介人、使者,也就是说皇宫已变得昏暗不清。"上苑",皇宫的庭院。皇宫的庭院已深不可见,这种情形使我黯然神伤。诗的前半部分,叙写了寂寞深宫中一位美女的悲叹。

荣辱悲欢目前事,君恩浅处草方深。

"荣辱",荣誉与耻辱。得到皇帝宠爱便是幸运,而被皇帝抛弃则是悲剧。所谓的悲喜交加都是"目前事",昔日的幸运,今日便成了悲剧。"君恩"已开始淡薄,但庭院中的草却长得非常茂盛,呼应诗题中的"草",强调寂寞之情。诗的后半部分,作者想象这位美女的心境,也吟咏了自身遭遇。

一休曾把历史上不幸的女性多次写入诗中，并反复吟咏。西汉的王昭君、唐代的杨贵妃……这些女性经常出现在他的作品中，令人想到一休宗纯身处不幸境遇的母亲。

从女性崇拜到觉悟自省

以上提到的这些女性形象在一休宗纯心中时有变化，一方面他对这些女性心怀同情，另一方面又对这些女性充满崇拜。下面这首诗表现了一休宗纯的这种心理。

春衣宿花

七言绝句（下平·八庚）

吟行客袖几诗情，开落百花天地清。
枕上春风寐耶寤，一场春梦不分明。

【释读】

这首诗是作者十五岁时的作品，鲜花盛开，作者在庭院感受春天春花。

前半部分两句，描写享受春天的快乐心情。

吟行客袖几诗情，开落百花天地清。

"吟行"，一边吟诗，一边走路。行人在衣袖中藏有春天的鲜花，引起作者的诗情。春风吹落了袖中的鲜花，作者感受到春天的快乐。各种各样的鲜花飘撒在天空和大地，这是春天带来的欢乐，正因为如此，作者回到宿舍后，竟然夜不能寐。

枕上春风寐耶寤，一场春梦不分明。

"寐耶寤","寐"是睡觉,"寤"是觉醒。《诗经·周南·关雎》:"窈窕淑女,寤寐求之。"春夜的微风吹过我的枕边,无论是睡着,还是醒着,在昏昏欲睡中感受到春意。这便是一场春梦,美好的感觉如春天的梦境一般,不时在脑海中若隐若现。

全诗充满了幻想。前半部分写花,以及沉醉于花中的情趣。后半部分表现夜半的房间春风吹入的感觉,房间门被春风吹开了,风和春梦一起进来,这是接续前半部分的内容。花妖被比喻成春天的女神,花在中国《诗经》中,经常被比喻为美丽的女性。

再看下面的一首诗。

无　题
七言绝句(上平·八齐)

老婆心为贼过梯,清净沙门与女妻。
今夜美人若约我,枯杨春老更生稊。

【释读】

这是一休在悟道之后的作品,没有题目,创作时间也不清楚,大概是源于"婆子烧庵"的公案(禅宗悟道的课题)。有位老太婆建茅庵供养一位和尚修行二十年,平时都由一位二八佳人送饭服侍修行的和尚。一天,老太婆对女子说:"等一会儿你送饭去时,抱住他,试试他修行的功夫。"女子送饭时依言抱住和尚,问他感觉如何,那和尚说:"枯木倚寒石,三冬无暖意。"老太婆听了,非常生气地说:"没想到我用二十年只养了一个俗汉。"失望的老婆子把和尚赶了出去,并放火烧了寺庙。

对于这个公案,一休的回答是什么呢? 这便是诗中提出的问题。先看前半部分两句,作者对老婆子的行为持否定态度。

老婆心为贼过梯,清净沙门与女妻。

"老婆心"，老者的慈祥、怜爱之心，也指对他人的关爱之心。"贼过梯"，给贼递梯子，助其轻易地入室偷窃（宋释宗演《颂古十七首》）。"沙门"，梵语音译，为出家人的总称，也指佛门修行者。老婆子是否有仁慈之心，还需要考量一下。修行结束，本该是品行端正、充满成就感的青年僧人，老婆子却让年轻女子来照顾他。青年僧人只顾满足自己的欲望，没有认真修行；我却与他不同，我是认真修行的人。

今夜美人若约我，枯杨春老更生稊。

今夜如果有美女抱着我，就好像枯杨逢春、凋零的树木恢复了元气，我也希望能够有这样的机会，如同残株、余茬发出的新芽。第四句出自《易》"大过卦"（下巽上兑）："枯杨生稊，老夫得其女妻，无不利。"一休也想娶一位年轻的妻子，并与她一起修行。

对为政者的愤慨之情

一休一生身处乱世，内乱、天灾以及皇太子和第五代将军足利义量不清不楚的死亡等不祥之事接二连三地发生。一休宗纯的诗以犀利的笔触，对为政者进行了尖锐批判。来看一下其中的两首。

长禄庚辰八月晦日，大风洪水，众人皆忧，
夜有游宴歌吹之客，不忍闻之，作偈以慰云
七言绝句（下平·十一尤）

大风洪水万民忧，歌舞管弦谁夜游。
法有兴衰劫增减，任他明月下西楼。

33

【释读】

　　"长禄庚辰",为十干十二支,表示流年;"庚辰",为长禄四年(1460),一休时年六十七岁。"晦日",月末,每个月的最后一天。"偈",梵语音译,为"偈陀"的省略形式。长禄四年,从春至夏持续干旱,秋天又发生了台风和水害。难民涌入都城,饿殍遍野。作者写下这首诗,对以将军足利义政为首的当政者提出批评。

　　诗的第一、二两句与诗题的意思重合。

　　　　大风洪水万民忧,歌舞管弦谁夜游。

　　暴风雨后的洪灾给百姓带来巨大的灾难,而此时却有一些人在唱歌、跳舞、听音乐,夜色中令人感到难堪,这些人确实没有人情味。

　　在第三、四句中,作者宣扬了佛法。

　　　　法有兴衰劫增减,任他明月下西楼。

　　"法",佛法,佛法在世间广为流传,是不能忘记的。"劫",梵语音译,为"劫波"的省略形式,表示时间久远,有"成、住、坏、空"四个时期,被称为"四劫"。"坏劫"时期产生了水、火、风三种灾难,世界归于"灰",后世把天灾人祸比喻为"坏劫"。佛法得到光大,灾害便会减少;佛法得不到弘扬,灾害便会发生。作者认为弘扬佛法是非常重要的大事。

　　下面这首诗作于文明六年(1473)、一休八十岁左右。一休七十四岁时,爆发了应仁之乱。权贵大多卷入这场内乱,都城也因战乱而荒废,内乱持续了六年。期间,日野富子(室町幕府第八代将军足利义政的正室)拿出金钱安抚百姓,她原是希望自己的儿子足利义尚继承将军的职位,这才是应仁之乱发生的原因。日野富子介入幕府政治,她操纵米价、放高利贷、课征重税、收受贿赂,大肆横征暴敛。一休的这首诗以富子为批判对象。

敬上天子阶下二首 其二
七言绝句（上平·四支）

财宝米钱朝敌基，风流儿女莫相思。
扶桑国里安危苦，傍有忠臣心乱系。

【释读】

日野富子操纵米价、放高利贷、行贿受贿，是朝廷之敌、卑鄙的人。日本正处于艰难时期，现在天皇身边即使有像我一样的"忠臣"，心中也会不安。因担心国家的未来，一休宗纯心绪难安，希望能够侍于天皇近侧。从诗中可见，一休晚年与皇室关系较近。作这首诗的翌年，奉后土御门天皇之命，一休担任大德寺住持，为大德寺的复兴、重建耗尽了心力。

闲适的晚年

一休晚年终于过了一段安逸的生活，他与被称为"森女""森侍者"的女性生活在一起。森女是一位盲艺人，她弹奏琵琶，靠卖唱维持生计。森女遇到七十八岁的一休后，一直与他共同生活，直到一休八十八岁去世。而一休也对森女十分依赖，经常在诗中表达对她的感念之情。下面来看《森公乘舆》这首诗，"森公"的"公"为敬语，是对森女的敬称。这首诗也作《森女乘舆》。

森公乘舆
七言绝句（下平·十一尤）

鸾舆盲女屡春游，郁郁胸襟好慰愁。
遮莫众生之轻贱，爱看森也美风流。

【释读】

前半部分两句,是说在春天陪同森女外出游玩。

> 鸾舆盲女屡春游,郁郁胸襟好慰愁。

"鸾舆",舆的美称,乘着华丽之舆的盲女经常在春季出游。"郁郁",昏暗的样子,这里比喻森女的心情。森女因心情灰暗而产生"愁",作者对她进行了安慰。森女是一位感情丰富、多愁善感的人。春游之乐至少也会给她带来一些愉悦,这是一休的感受。

后半部分两句,是一休对森女绵绵不绝之爱的宣言。

> 遮莫众生之轻贱,爱看森也美风流。

"遮莫",尽管、凭借之意。"众生",鄙视森女、对她轻慢的那些人。森女是一位艺人,能够和她一起生活,彼此倾诉内心的感受,是一件令人欣喜的事,这便是第四句"爱看"森女的原因。作者用"森也"的称呼(也,为接尾语),赞誉森女是品格高尚的人。"风流",在这里当然也是赞美之词了。

谢森公深恩之愿书

七言绝句(上平·十一真)

> 木凋叶落更回春,长绿生花旧约新。
> 森也深恩若忘却,无量亿劫畜生身。

【释读】

前半部分两句写冬天结束春天便会来了,我的人生托君(森女)的福,也回到了春天。

木凋叶落更回春，长绿生花旧约新。

树叶一旦凋零落地，之后便会迎来温暖的春天，这是大自然的规律，是大自然的法则。"旧约"，昔日的决定终于实现，而且今后每年都要实现。我的人生也是如此，即便是到了晚年，但能够与君相识，就是迎来了春天，这是一休对森女的感谢之词。在后半部分两句中，作者再一次强调了这种感激之情。

森也深恩若忘却，无量亿劫畜生身。

森女，你对我恩深似海，如果忘记，未来便会永劫不复。"无量亿劫"的"无量"，为不可计数之意，"亿劫"，佛教用语，表示非常长的时间。"畜生"，佛教用语，生而呆傻的人。"六道十界"之一有"畜生道"，谓人生前作恶，死后会变为禽兽、畜生等，遭受各种各样的苦难。作者发誓，决不会忘记"森也深恩"，无论在什么情况下，都会与"森也"在一起。

从一休的诗中可以窥见他的人生态度。一休幼时受到儒家思想的影响，儒家经典《礼记》中有"饮食男女，人之大欲存焉"（《礼运篇》）。儒家并不否定人们的饮食之爱和男女之间的情爱，而是强调发现自己、自我完善。再进一步来说，作诗也是发现自己、完善自我方式。

第四章　博学无双之人——林罗山

林罗山(1583—1657),仕于江户幕府,为江户时代朱子学的集大成者。他博览群书、博闻强记,对新知具有强烈的好奇心,最终成为博学之人。他在文学、历史、地理、兵法等领域成就卓著,在本草学(药学)、神道方面也造诣极深,有多部著作流传于世。

栴檀二叶

罗山的先祖为藤原氏,藤原氏原为加贺(石川县南部)的士族,后移居纪州(今和歌山县全域和三重县南部)。至其父信时家道中落,只好居住在町家(临街建筑,同时具备"工作空间"与"生活空间"的住宅形式,即所谓的"并用住宅"。译者注)。由于信时之兄吉胜无子,罗山遂成为吉胜的养子,以便继承其家业。罗山幼名菊松麻吕,十三岁元服时改名三郎信胜,二十三岁师从藤原惺窝(1561—1619),又改名忠,字子信,号罗山。林罗山出生时,正是本能寺之变的翌年。其十五岁时,丰臣秀吉出兵朝鲜(庆长之役)。其十八岁时,关原之战发生。大坂夏之阵发生时,他三十二岁。

　　林罗山八岁就因记忆力超群而广受赞誉,十二岁开始阅读历史小说,并接触到汉籍。十三岁至十五岁,他求学于洛北的建仁寺,学习儒家思想和佛教。曾被力劝加入僧籍,林罗山坚拒,后回到家中。在此之后,林罗山发愤读书,撰写读书笔记,十七八岁时对朱子学已经有很高的造诣。二十一岁时,罗山打破传统,刊行了未经天皇敕许的朱子《论语集注》讲义。在博得好评的同时,也受到一些人的非议,并引起德川家康的关注。

　　林罗山青少年时期还曾师事甲斐(山梨)的名医、有"医圣"之称的永田德本①。

仕宦的岁月

　　罗山二十二岁时,见到了仰慕已久的大儒藤原惺窝,多次得到他的教诲。翌年,经藤原惺窝推荐,谒见了德川家康。不久,二十四岁的林罗山仕于德川幕府,除担任德川家康的侍讲之外,还参与有关法令及外交文件的起草,各种法令草案皆经其手。此外,还为德川家康做制度整备、史书编纂、古书校刊等工作。宽永七年(1630),即林罗山四十八岁这年冬天,幕府赐给他上野不忍池别庄以建私塾,这便是后来的昌平黉②。

---

　　①　永田德本(1513—1630),罗山之父信时之友。信时担心罗山体弱多病,希望他学习医术,于是便让德本收其为徒。德本教授罗山《太平记》,罗山悟性非凡。德本告诉信时,罗山在许多方面也会学有所成(黑川道祐《远碧轩记》)。德本在本草学方面成就很大,今天闻名于世的甲州葡萄便是在他的指导下开始种植。晚年,永田德本治愈了德川幕府第二代将军德川秀忠的沉疴,他本人则活到一百一十八岁的遐龄。

　　②　昌平黉:江户幕府时期的学校。昌平黉早期为官学,培养幕臣及其子弟。从德川幕府第三代将军家光开始,林罗山在别庄设私塾为其授课。两年后,尾张藩主德川义直在其地建孔子庙先圣殿。元禄三年(1690),(注转下页)

七十多岁时，罗山公务渐少，与其子林鹅峰一起读书、作诗，教孙辈四书五经和诗文。明历二年(1656)，七十四岁的林罗山因妻子去世而一蹶不振。三年之后，江户发生了大火(即"明历大火""振袖火事")，林罗山的宅邸和藏书被全部烧毁。为了抢救、整理这些书籍，罗山忙碌奔波，终于卧床不起，不久去世。

罗山与汉诗

林罗山喜欢作诗，经常与儿子们切磋。罗山诗集收录有四千六百首以上的诗歌，下面依时间顺序来看一下。

江户初期的代表诗人石川丈山是罗山的挚友。在罗山六十岁这年，丈山隐居在洛北村，筑"诗仙堂"，对中国三十六位诗人的作品进行评析。两人的友情一直持续到他们生命的最后时刻。罗山诗的题材是多方面的，其渊博的学识融入他的诗中。

> 壬戌⁽¹⁾之秋，过长州下关，因拜安德帝⁽²⁾遗像，丙午⁽³⁾之春又拜之，既作唐律⁽⁴⁾一绝以吊焉！宋陆秀夫⁽⁵⁾抱幼帝与二位尼⁽⁶⁾所为何异？彼丈夫⁽⁷⁾也，此丈夫也。唯有男子、妇人之异，又有读《大学》与否之异耳
>
> 七言绝句(下平·四豪〔艘〕/二萧〔摇·潮〕)
>
> 天子蒙尘⁽⁸⁾船几艘，翠华⁽⁹⁾千里影摇摇。

(续上页注)幕府第五代将军纲吉在神田汤岛移孔子庙建大成殿，林家私塾移至这个被称为"昌平坂圣堂"或"汤岛圣堂"的地方。此后，在宽政改革之际，松平定信(1758—1829，号花月翁、白河乐翁。江户时代的大名、政治家。陆奥国白河藩第三代藩主、江户幕府第八代将军德川吉宗的孙子。译者注)禁止异学，推崇朱子学，整顿汤岛圣堂，将官办的昌平黉改称"昌平坂学问所"。

筑城⁽¹⁰⁾卷土重来否,恨在西关⁽¹¹⁾不下潮⁽¹²⁾。

【注释】

(1) 壬戌:为"壬寅"之误。壬寅,庆长七年(1602),罗山二十岁。

(2) 安德帝(1178—1185):日本第八十一代天皇,1180—1185年在位。高仓天皇(1161—1181)的第一位皇子,母为平清盛之女、建礼门院德子。安德天皇两岁即位,随着平氏政权的没落,他逃往西国,在坛浦与平氏一门一起投海自尽,时年八岁。陵墓位于下关阿弥陀寺。

(3) 丙午:庆长十一年(1606),罗山二十四岁。

(4) 唐律:这里指唐诗格律。

(5) 陆秀夫:南宋忠臣。在崖山之战中,他背负幼帝赵昺投海自尽。

(6) 二位尼:这里指平时子(?—1185),平清盛之女,平宗盛、平知盛、平重衡、平德子之母,安德天皇的外祖母,在平清盛过世(1181)后,成为平氏一族的精神支柱。在坛浦之战中,她携八岁的外孙安德天皇投海自杀。

(7) 丈夫:优秀的人物。

(8) 蒙尘:指天子为避难离开都城。天子出行没有清扫道路,谓之"蒙尘"。

(9) 翠华:天子仪仗中以翠羽为饰的旗帜或车盖等。这一句源于白居易《长恨歌》中描写唐玄宗离开都城时的"翠华摇摇行复止,西出都门百余里"。

(10) 筑城:平知盛为征讨源氏,在关门海峡西端的彦岛修筑的城。

(11) 西关:关门海峡,位于濑户内海西部的关门,为连接阪神与北九州之间的海上交通要冲。

(12) 不下潮:没有从平家一方流向源氏一方的潮流。西侧的平家因拥立安德天皇,故西为上、东为下,东侧源氏为"下"。

位于岐阜县下吕市汤之岛的林罗山像

罗山在《西南行日录》中,记录了"日本三名泉"之一的下吕温泉。
这里表现的是罗山年轻时与猴子嬉戏的场景。

【释读】

这首诗作于庆长十一年(1606),罗山二十四岁。诗题较长,是作者到访下关阿弥陀寺(今赤间神宫)吊唁安德天皇,想起坛浦之战而作的怀古诗。说到安德天皇,就会想起这位在源氏与平氏坛浦之战中投海自尽的八岁皇帝。平清盛是平氏一门①武家政权的开拓者,他去世后,以源氏一门为首的敌对势力发动反击。不久,源义仲

① 平氏一门:平氏家族在平清盛之父平忠盛时,与宋朝进行商业贸易,独占了许多权益。因为交易船只通行关门海峡时要征收关税,而平氏熟悉这一带的海况,故而把决战战场选在坛浦,平知盛在彦岛调兵遣将,死守海峡的制海权。

趁机进攻京都,平知盛护持安德天皇向西国奔去。在源氏军队的追击下,平氏向太宰府(福冈县)、屋岛(香川县)转移,最后到达坛浦(山口县下关市)。诗题中的"坛浦之战",与中国元灭南宋的"崖山之战"①颇有些相似,令作者浮想联翩。

　　诗题很长,如同"序"。"壬戌之秋",用干支表示纪年,为庆长七年(1602),此时罗山二十岁。诗题意为:庆长七年我二十岁,秋天访问长州下关,因为这座寺庙里有安德天皇的像,因此要来拜谒。四年后的丙午之春,为庆长十一年,林罗山二十四岁,这一年春天,他再次前来拜谒。作者按照唐诗的格律创作了这首绝句,凭吊安德帝,把"崖山之战"与"坛浦之战"作了对比。南宋忠臣陆秀夫在元军穷追不舍下,背着幼帝投海自杀。他的行为与坛浦之战的二位尼——平时子的情况很相似。二位尼是安德天皇的外祖母,她最终抱着安德天皇投入水中。陆秀夫是一位优秀的人物,二位尼也是一位优秀的人物,只是男女不同而已。这与读《大学》有什么不同吗?《大学》为儒家的重要典籍,阅读《大学》便是在学习儒家思想。儒家思想浸润的宋王朝优遇文官,采取完备的科举考试制度,儒家学说是考试的重要内容。陆秀夫撤退到海边的崖山,元军发动总攻击,在最后的危急时刻,他背着幼帝投海自尽,南宋王朝便灭亡了。此后,皇族与朝廷高官十几万人也投海自尽,这与平家最后的遭遇非常相似。

　　进入诗的正文,作者脑海中浮现出"坛浦之战"中的安德天皇,对年幼的天皇发出了感叹。来看前半部分两句,这里说的是

---

　　① 崖山之战:南宋王朝被元军攻击而遭全歼的战争(1279)。南宋王朝由于受到忽必烈率领的元军进攻,德祐二年(1276)首都临安(今浙江省杭州市)陷落,六岁的恭帝赵㬎投降。拥立皇帝两位兄弟(赵昰、赵昺)的皇族、忠臣辗转南方沿海区域,持续抗战。在这期间,十一岁的端宗赵昰因病去世。三年后,宋军在南中国海崖山遭到元军猛烈进攻,全军覆没。陆秀夫背着九岁的帝昺投海自杀,以杨太后为首的十余万皇族、诸臣亦投海自尽,南宋灭亡。

平家水军,天皇来到关门海峡平家一方的船队中。关于船队的数量有各种不同的说法,有一千艘、八百艘、五百艘之说。源氏一方船队的数量与平家相差不多,双方在关门海峡的狭窄之处对战,这便是"坛浦之战"。

> 天子蒙尘船几艘,翠华千里影摇摇。

天子从都城来到千里之外,一路上御旗招展。"影",这里指御旗。第二句源于白居易《长恨歌》,林罗山把白居易对唐玄宗、杨贵妃的描写用在"坛浦之战"中。

> 筑城卷土重来否,恨在西关不下潮。

后半部分两句,既描写了平家军队的优势,也叙述了因海洋潮流变化而发生的形势逆转。"筑城",指以勇武闻名的平知盛在关门海峡西端的彦岛为了训练士兵作战而修筑的城。彦岛与九州之间为连接外海的要冲,平家死守于此。在"坛浦之战"中平氏败北,平知盛感慨道:"以后再也见不到这个世界了!"据传他背负着船锚,跳海自杀。"西关",关门海峡的别名。因为退潮,海水向东流去,这真是憾事。"坛浦之战"时,平家拥戴安德天皇,在西侧布阵,源氏则在东侧布阵。西为上,东为下。午前海水向东流,平家占据优势;午后潮流发生逆转,平家被击得溃不成军,最终被彻底消灭。第三句化用杜牧咏项羽的诗句"卷土重来未可知"。全诗犹如宏大的历史画卷,显示出罗山渊博的学识。

下面再看一首罗山优雅的绝句。

月前见花

七言绝句（上平·一东〔中·风〕/二冬〔浓〕）

淡月映栏花气浓,春宵好景胜秋中。
不明不暗朦胧影,于色于香剪剪风。

【释读】

前半部分两句,描写了庭院景色。

淡月映栏花气浓,春宵好景胜秋中。

"淡月",朦胧的月光。"映",月照栏杆浮现出的形态。第二句写春天的月色,感觉比中秋的明月还要漂亮。这两句受到北宋苏轼的七言绝句《春宵》"春宵一刻值千金,花有清香月有阴"的影响,但却写出了不同的韵味。

不明不暗朦胧影,于色于香剪剪风。

第三句描写了忽明忽暗的花姿。"影",朦胧的月色照在花上的形态。第四句的"色"与"香"化自"于色于香",《诗经·召南·采蘩》有"于以采蘩?于沼于沚"之句,与《诗经·大雅·生民之什·公刘》中"于橐于囊"之意相同。"色",在汉诗文中不仅具有彩色、色彩的意思,也有样子、情形、容貌之意,这里是形容花的形态。花儿被风吹之后,飘来阵阵花香。"剪剪风",初寒之夜的风。"剪剪",轻微的寒风,肌肤略感寒意。风吹动了花儿,香气如同初寒之夜的气息,使人略感寒意。

这首诗描写春天月夜,笼罩着一种温馨氛围。特别是第四句的"于色于香",写得很有特色。

下面再看一下林罗山写的律诗,漫游之作《夜船渡桑名》是一首七言律诗。

夜船渡桑名
七言律诗(上平·一东)

扁舟乘霁即收篷,一夜桑名七里风。
天色相连波色上,人声犹唱櫓声中。
众星闪闪如吹烛,孤月微微似挽弓。
渐到尾阳眠忽觉,卧看朝日早生东。

【释读】

这首诗的创作时间尚不能确定,可能是在从桑名到宫宿的船上所作。"桑名",在三重县东北部,临伊势湾。江户时期,桑名与属于东面的东海道在尾张(爱知县西部)的城下町宫宿有海路相连,因二者的距离为七里,被称为"七里渡"。罗山可能是利用在幕府出公差的机会来此一游,离开桑名到达宫宿后,罗山作了这首诗。律诗每两句的内容要发生变化,这首诗也是这样。

首先来看第一、二两句,写昨晚出发时的情形。

扁舟乘霁即收篷,一夜桑名七里风。

我乘着小舟,在雨停后立即收篷启航。"乘",趁着雨后转晴。第二句为三个具有不同意象的名词,这一晚从桑名到七里之间,靠着风行船。

第三、四句与第五、六句分别为对句。第三、四句描写夜行中的见闻,罗山坐在船室的窗边,眺望外面的景色。

天色相连波色上,人声犹唱櫓声中。

"色"字与"声"字反复出现,夜空如同波浪的样子,也就是说,黑色的海面和夜空相连,分辨不清,一片黑暗。第四句写听觉,"人声",船家在摇橹时唱歌。船家的歌声又响起来,和摇橹的声音混在一起,回响在夜空。

第五、六句把视线转向夜空,描写星星与月亮。

众星闪闪如吹烛,孤月微微似挽弓。

"众星",繁星闪烁,忽明忽灭,如同被风吹动的烛火一样,这是一个形象又有趣的比喻。"孤月",寂寞的月亮如同拉开的弓。一边看着各种各样的风物,一边听着各种各样的声音,到达目的地时,东方已经亮了。再看第七、八句。

渐到尾阳眠忽觉,卧看朝日早生东。

就要到达"尾阳",即目的地尾张宫宿了,我也醒了。我躺在床上,眺望太阳在东方升起。

这首诗中的对句非常有意思,其中第三、四句对句比较朴素。"色""声"两字反复出现,产生了一种朴素的旋律。"天"与"人"、"色"与"声"、"相"与"犹"、"连"与"唱"、"上"与"中",工整对仗,而"相"与"犹"、"上"与"中",为分别表现各种含义的虚字(单独使用的情况较少,需要组合使用,为补意字。相当于前置词、接续词、副词等)。第五、六句语气一转,将着眼点放在星星和月亮上,"众星"与"孤月"、"闪闪"与"微微"、"如"与"似"、"吹烛"与"挽弓",都非常对应。第三、四句的对句朴素,第五、六句的对句致密。

下面是作为儒者的罗山展示真实内心世界的一首诗。

癸巳日光纪行

七言绝句(上平·十三元)

园圃唯望露霈蕃,就中风味鼠粘根。
公刘好货非私利,愿裹糇粮入此村。

【释读】

德川幕府第四代将军德川家纲时,六十九岁的林罗山在新武州武藏国一部分采地(领地)授业。罗山经常到附近旅行,经常与村中的百姓见面,并向村中长老赠送礼物。这次旅行本来是到日光参拜德川幕府第三代将军德川家光的家庙,在途中他游览了许多地方,写了许多诗,这首诗便是其中之一。在从日光返回途中,他到袋村访问,写了这首诗,诗前有序。

袋村有余食邑,地狭而田少。若夏久无雨,则菜圃亦槁损,但土牛房宜云尔。

诗的前半部分两句,作者希望村庄能够有好的收成,收获更多的名优特产。

园圃唯望露霈蕃,就中风味鼠粘根。

"园圃",田地、耕作之地。作者希望"露霈"即露水和大雨能够惠及大地。"鼠粘",牛蒡的别名。当地的特产是牛蒡,作者希望能够收获更多的牛蒡。

后半部分两句,作者自比中国的公刘。公刘,周部落首领,据传为后稷的子孙,为避战乱带领部落由邰迁到豳。他修筑城池,发展农业,为周王朝的发展奠定了基础,被后世称为有仁德的主君。林罗山以这位伟人自比,在诗中叙述自己的愿望。

公刘好货非私利，愿裹糇粮入此村。

作者想以公刘为榜样，向大家赠送"好货"。"好货"是古代宴会上赠送给客人的礼品。因为是自愿送给村里百姓，绝不是什么"私利"。"糇粮"，为远行准备干粮。住在袋村，作者希望自己能参与村中的事情，为村子作贡献。

最后，再看一下罗山先生的词作。罗山不仅写诗、即所谓的汉诗，他也关注新的韵文形式——词。词是中国唐末以来发展起来的新的韵文形式。罗山了解明朝吴讷的《文章辨体》及徐师曾的《文体明辨》等有关词的平仄知识，也学习了《花间集》和《草堂诗余》等词集。下面看一下他的词作。

更漏子
和加藤敬义斋《秋思》

夜曼曼，风凛凛，梦里锦衾角枕。忽惊起，斜红残，只见月转栏。

叶声声，虫唧唧，忍清怨执锦瑟。窈窕深，君门遥，独坐侍早朝。

【释读】

"更漏子"是曲牌名。主人公为宫中女官，在漫长的秋夜，倾诉个人的烦恼、悲伤。"喜欢的人出去旅行而没有回来"，我喜欢的那个人却不顾念我。罗山的这首词忠实于场景的再现。词的开头吟咏了在漫长的秋夜，女主人公被凉风吹醒惊觉的样子。

夜曼曼，风凛凛，梦里锦衾角枕。

秋天的长夜是"曼曼"的，夜风"凛凛"侵袭身体。"曼曼"，连续不断的样子。"凛凛",寒冷的感觉。"角枕",用动物角加工制成的枕头,或是用动物角装饰的枕头。《诗经·唐风·葛生》有"角枕粲兮,锦衾烂兮"之句。按朱熹的解释,这句吟咏的是妻子等待丈夫归来时的心情。我被冷风吹醒,盖着"锦衾",枕着"角枕"思念你。

忽惊起,斜红残,只见月转栏。

"斜红",古代妇女头上的插花装饰。我头上的"斜红"有些凌乱,深夜中只能模糊地看到月光转过栏杆。睡觉时月亮还在东方,夜里醒来后,发现月亮的位置已经发生了变化。

主人公醒来之后已不能入眠。因为不能入眠,所以才能仔细回味自己的悲惨境遇。

叶声声,虫唧唧,忍清怨执锦瑟。

夜风吹来,树叶发出了阵阵声响。虫儿的鸣叫"唧唧"响起,传入我的房间。叶子发出的声音、虫儿的声音,在秋天寂寞、悲哀地响了起来。"锦瑟",漆有织锦纹的瑟。"瑟",二十五弦拨弦乐器,与琴相似,但比琴略大。琴音"清怨",带给人以悲伤的感觉;因太过悲伤,所以停止了弹琴。

窈窕深,君门遥,独坐待早朝。

"窈窕",幽深的样子。这里所说的幽深,是指离天皇的宫殿比较遥远,比喻自己远离了天皇的宠爱,难以入眠。不能入眠,只能独坐到天明等待"早朝"。

这首词的副标题为"和加藤敬义斋《秋思》"。加藤敬义斋把《更漏子》词以"秋思"为副标题赠给罗山，罗山又以唱和的形式作了这首词。

　　罗山的作品有绝句、律诗、词等各种形式，这些作品反映出他渊博的学识。另外，他也是一位多才多艺的人。

第五章 儒家思想的重新审视——荻生徂徕

荻生徂徕(1666—1728)是使日本儒家思想发生重大改变的人，与此相关联，汉文学和汉诗也发生了变化。

困学的日子

荻生家族从徂徕的祖父开始以行医为业。其父方庵为馆林藩主松平纲吉(后为德川幕府第五代将军德川纲吉)的侍医，徂徕就出生于江户的馆林藩邸。方庵是一位汉方医学(日本学习唐朝文化，由医学家发扬光大而形成的医学。日本汉方医学和中医相似，但中医的治疗范围更加广泛一些。译者注)的儒者，幼时的徂徕每晚都要上汉文课。徂徕进步很快，十一二岁入林家私塾，受业于林凤冈(1645—1732，林罗山之孙。译者注)。

徂徕十四岁那年，其父因受到馆林藩内讧的牵连，一家人被逐出江户，寄居在上总国长柄郡本纳村(千叶先茂原市)方庵之妻儿岛氏的娘家。十二年后得到赦免，又回到江户。

徂徕一直专心读书，在家业由弟弟北溪继承后，徂徕到芝(东京的地名。译者注)的增上寺开设私塾,每天为僧侣们讲授经义。据说徂徕的生活十分清苦,附近豆腐店主每天送他豆腐渣充饥(徂徕后来仕于幕府后,曾来此报恩)。这个故事被冠以"徂徕豆腐"的题名,成为落语(日本传统表演艺术形式,最早是指说笑话的人,后来逐渐演变成说故事的人坐在舞台上,被称为"高座",讲滑稽故事。相当于中国的单口相声,有不少段子源自中国。译者注)和讲谈(日本的一种传统的类似评书的曲艺形式。表演者坐在小桌前,边敲打手里的扇子边讲故事。讲谈起源于江户时代中后期,流行于明治、大正年间,随着报刊、电影等的出现而衰落。译者注)、浪曲(日本的一种传统说唱曲艺,又叫浪花曲和难波曲。由一人说唱,用三味线伴奏。浪曲一开始是不能登大雅之堂的民间艺术,后在竹川久米、广泽岩助等人的努力下,才得以登堂入室。译者注)等的著名故事。这期间荻生徂徕完成了《译文筌蹄》这部解释汉语的日语工具书,收录了 2434 个汉字,进行解释、分析。这本书问世后,颇受欢迎。

仕宦与开塾

荻生徂徕三十一岁这一年秋天被推举为增上寺的大僧正,仕于将军德川纲吉的侧近柳泽吉保。他经常为德川纲吉讲授讲义,升为儒官。这一时期,吉保的多名近臣入徂徕门下。

荻生四十四岁时,纲吉去世,吉保引退,他离开柳泽藩邸,在桥茅场町开设家塾,专心致志做学问。这时,徂徕接触到明代的"古文辞派",主张"古典的内容应该按照当时的字义来理解"。徂徕在所著《论语征》中表明其观点:阅读先秦古书,要遵从当时文字的意义和用法,这样才能接近《论语》的本来趣旨,对宋代儒者的解释进行了否定。徂徕的观点表明,他是就"道""仁""君子""小人"等儒家思想的重要概念展开考察的(《辨道》《辨名》)。

《论语征》的解释之例

《论语征》中徂徕对《论语》的解释,兹举两例来看一下(参见土田健次郎《论语集注》二[平凡社出版]、田尻祐一郎《荻生徂徕》第二章[明德出版社出版])。

首先来看一下《论语·雍也》第二章的一节。

不贰过。

关于这个问题,南宋的朱子认为是"同样的错误不犯两次"之意。但徂徕认为"贰"与"二"同义是在宋以后,在古代则有"回复、重复"之意,这一句是说"犯了错误,又犯了另外的错误"。

再看"雍也"篇第十九章的一节。

人之生也直。

关于这个问题,北宋的程子(程颢或程颐)认为:"人的一生本来应该是正直的。"但徂徕认为,孔子本人未必推崇"直","直"应该是"悳"("德"的异体字。译者注)之误,意为"无论哪个人都是会有德的"。

徂徕与"古文辞派"

徂徕四十岁接触到"古文辞派"。"古文辞派"比较注重诗和文章的形式,虽然有些人对其中的技巧有过疑问,但这被认为是回归本位。诗在八世纪的盛唐迎来了全盛时代,而古文文章则要追溯到秦汉时代,古文文章在创作方面要学习秦汉时代。

　　徂徕认同"古文辞派"的主张并从中获得启发,主张对儒家思想重新加以研究。江户时代以来,日本一直比较重视朱子学,但朱子学与儒家思想存在着一些不同。儒家思想本来有很强的改造社会的实践性,但朱子学却对此进行了改变。徂徕认为应该回归儒家思想的本质,不必学习朱子学,而应该学习儒家思想最重要的典籍四书五经。

　　徂徕注重文学、艺术、艺能,他主张儒学者的读书范围、研究对象应该扩大,除了儒家经典,中国的诸子百家以及日本的和文(用日语书写的文章。译者注)典籍,歌舞伎、净琉璃、町人文化(町人是日本江户时代对城市居民的称谓,主要是商人、町伎、手工业者。由他们创作出来的如艺伎、浮世绘、净琉璃等称作町人文化。译者注),都应该成为研究对象,儒家学者求道的精神应该始终如一。

徂徕与诗

　　荻生徂徕的主张当然也表现在他的诗中,来看一下。

东都四时乐　其一
七言绝句(上平·十二文)

东睿山头花似氛,东睿山下雪纷纷。
笙歌千队齐声唱,那得暂时停白云。

【释读】

　　《东都四时乐》为组诗。"东都"指江户,即现在的东京。"四时",春夏秋冬四季,组诗四首分别代表四个季节。第一首描写了春天上野的风景,吟咏的是赏花的情景。当时赏花要去上野或隅田川岸边的向岛,但这里是指上野。

东睿山头花似氛，东睿山下雪纷纷。

"东睿山"，江户上野宽永寺附近的群山，山上樱花盛开，景色优美。上野的群山，粉色的樱花美丽如云，非常鲜艳。"氛"，雾霭的意思，这里是说从远处眺望盛开的樱花，如同一层薄薄的红色祥云，强调的是樱花与众不同的气质。另一方面，作者描写了山脚下散落的樱花如同飘来的雪片一样。

再看后半部分两句，写赏花的场景非常热闹，诗人把焦点聚集在人群中。

笙歌千队齐声唱，那得暂时停白云。

"笙歌"，笛子声和歌声。"千队"，到处都是人，人们的歌声汇集在一起，无论什么样的曲调，大家都听得非常开心。"那得"，怎么样。歌声嘹亮，响彻云天，天空中的白云都仿佛停止飘动了。第四句源自中国古代传说中歌手秦青的故事，他歌声优美，声振林木，连空中的白云也为之停止了流动（《列子·汤问》）。空中的白云如果没有停止，那就说明歌手的水平不怎么样。

东都四时乐　其二
七言绝句（下平·五歌）

两国桥边动棹歌，江风凉月水微波。
怪来岸上人声寂，恰是扁舟仙女过。

【释读】
第二首场所移至两国，表现夏日傍晚夕阳西下时的景象。"两国桥"，架在东京隅田川上的桥，连接中央区和墨田区两个地方，因连接武藏和下总两个藩国，故称"两国桥"。在这一带可以看到杂耍、滑稽表演。初夏,河边还有焰火表演,各种各样的游艺活动很多,是一个热闹的场所。前半部分两句吟咏了两国桥附近隅田川的夜景。

两国桥边动棹歌,江风凉月水微波。

在波涛汹涌的隅田川上有座两国桥,站在桥上可以听到船中传来的歌声,有余音袅袅之感。河上吹来了夜风,冰凉的月光照在河面上。

后半部分两句描写歌女乘船的情形,她们在月色下坐在游船上,吹着凉爽的风。岸边的游人看到这种情形,不免有些惊诧。

怪来岸上人声寂,恰是扁舟仙女过。

"怪来"的"来",附于动词之后,表示动作的方向、发生。"恰是",恰好、正好。岸上人声已然寂寥,歌女坐在船上从桥下通过。歌女在江户时代被称为游女,对江户町人文化的发展做出了贡献。她们唱歌、跳舞,表演各种技艺,招待客人;她们精通和歌和俳谐、书法、辩论,有一定的文化素养。游女的发型和服饰对当时的女性也产生了较大影响。

东都四时乐　其三

七言绝句(上平·十四寒)

秋满品川十二栏,东方千骑蕗银鞍。
清歌一阕人如月,笑指沧波洗玉盘。

【释读】

第三首描写秋天品川的热闹场景。品川为东海道第一个宿站(可以夜宿的驿站。译者注),是江户南边的门户。这里是不被幕府承认的欢乐街，诗中表现了以妓楼为舞台的歌女生活。诗的前半部分两句，吟咏了秋日品川妓楼的热闹、繁华场面。

秋满品川十二栏，东方千骑蓰银鞍。

秋色满川，品川的妓楼很多，妓楼汇聚了许多从东国来的乘着银鞍宝马的年轻人。"银鞍"，马鞍的美称，这里指来到此地的年轻人均为富家子弟。诗的后半部分写歌女，写她们的魅力。

清歌一阕人如月，笑指沧波洗玉盘。

"一阕"，歌一曲。"清歌"，唱一曲清歌。唱歌的"人"即歌女。她们青春美貌，唱完歌之后靠着栏杆。她们眺望着的窗边水波，如同洗净的"玉盘"。"玉盘"，映在水面上的月亮。隅田川水波上漂浮着如清洗过的月亮，看到这样的画面，歌女们不由得笑了起来。

东都四时乐　其四
七言绝句（上平·五微）

澄江风雪夜霏霏，一叶双桨舟似飞。
自是仙家酒偏醉，无人能道剡溪归。

【释读】

第四首写冬天的隅田川。在一个冬日降雪的晚上，一条小舟在河上行驶，是划向吉原游郭（妓院区、花街柳巷。译者注）的猪牙舟。这种小舟是由一至二人摇橹的小船，没有顶棚，船速较快，前尖后平，船头较长，形状如猪牙，故名"猪牙舟"。吉原的妓楼比比皆是，那里的游女据说有数千人。前半部分两句描写了去往吉原的猪牙舟。

在喜多川歌麿所作《吉原之花》(乌兹乌斯·阿塞尼阿姆藏,转自 2017 年 9 月 10 日《读卖新闻》星期日版)画中,游郭中不仅有男性客人,女性也出入其中。在这幅巨大的画作中,吉原茶屋前有很多赏花的武家女性,至少在五十人以上。

　　　　　澄江风雪夜霏霏,一叶双桨舟似飞。

　　"澄江",隅田川,为流经东京东部、注入东京湾的河流。风吹飘雪,一直绵绵不绝。一只小舟速度很快,这个小舟要去哪里呢?

　　　　　自是仙家酒偏醉,无人能道剡溪归。

　　仙女的住处只有酒了,这种酒一喝就醉。"偏",一味地,为强调性副词。这是一个非常漂亮的地方,来到这里的人不会说"剡溪归"之类的话。第四句中有一个关于"剡溪"的故事,剡溪是流经中国古郡会稽的一条河。东晋时期,一个名叫王徽之的人,因风流倜傥而闻名。某一年冬天,他突然想去拜访友人戴逵。时天降大雪,但他仍然乘舟而去。戴逵的家在剡溪，王徽之经过一晚行舟，来到戴逵家门前。但他却没有敲门，只说"兴尽而返"，转身回家了（《世说新语·任诞》）。徂徕对这个故事进行了改造引用，在来吉原之前，他想做一次像王徽之那样的访问，但无关风流。无论是谁去吉原，都不能说像王徽之那样"兴尽而返"。

徂徕以上四首诗通俗易懂，赏花、游女、吉原，作者把汉诗的世界与町人文化的距离拉近了。如前所述，作为仕于馆林藩的医师，因父亲犯罪，徂徕一家被流放到上总国，那时他才十四岁，一直到二十五岁，人生观的形成时期，他一直住在村子里，过着艰辛的生活。

徂徕三十一岁仕于幕府，此时正是第五代将军德川纲吉时代，纲吉是一位勤奋好学的将军。宝永六年（1709）夏八月，四十四岁的徂徕在日本桥的茅场町买下住宅，并获许开设私塾。此后，众多门人汇聚于此，徂徕一时名声大噪。

在茅场町第一次迎来新年之际，他写下这首七言律诗。

萱州新岁

七言律诗（下平·十一尤）

买屋养疴萱叶州，优游卒岁欲忘忧。
忽闻钟鼓城楼动，便见云霞沧海流。
高枕西山来雪色，衔杯短发照春愁。
千秋知是干谁事，肯教东风催不休。

【释读】

"萱"，萱草、忘忧草（多年生草本植物，叶狭长而细，花橙红或黄红色，可作蔬菜，或供观赏。译者注）。"萱叶州"，茅场町具有中国风格的表记。这首诗每两句是一层意思，第一、二句表现乔迁新居的喜悦之情，徂徕在这里一直住到迁居柳泽藩邸，一共十三年。

买屋养痾萱叶州,优游卒岁欲忘忧。

买屋养病,这里便是茅场町。"痾",重病。"优游",因为心情放松,新年来临之际把烦恼和忧愁完全忘却了。徂徕在茅场町的家被称为"萱园",他的门人汇聚于此,形成"萱园学派"。

第三、四句和第五、六句分别是对句。第三、四句描写了除夕之夜的钟声,以及不久迎来的旭日初升。

忽闻钟鼓城楼动,便见云霞沧海流。

偶尔听到江户城传来除夕之夜的钟声。"城楼",江户城,作者写的是从夜里到天明的景象。"沧海",从江户湾看到的茫茫大海。

第五、六句吟咏了新年富士山的景象。

高枕西山来雪色,衔杯短发照春愁。

"高枕",带着一种轻松的心情安然入睡。悠闲地枕在枕头上,看到西面的富士山上覆盖了皑皑白雪。待睁开眼睛,已经是新年的第一天。起床之后,很快拿起"杯","杯",漱口杯。"短发",发量少。"照",照射、照亮、清晰之意。头发稀少,又过去了一年时间,作者发出上了年纪的感叹。

第七、八句祈愿国泰民安、风调雨顺。

千秋知是干谁事,肯教东风催不休。

"千秋",千年的时间,也就是很长时间。"知",为疑问词,意为知道吗。在汉诗文中,"知""不知"强调的是疑问之意。在上千年的漫长岁月中,究竟是谁干了这些事呢?"东风",比喻春风。一定要让春风吹过来,并且不能停止。春风是希望的象征,春风不断地吹拂,才与新年的气氛相宜。

下面这首是荻生徂徕的长诗《春江花月夜》。

春江花月夜
五言古诗

人道春江好,春江况月明。
林花岸上发,仙桂波中生。
摇动花兼月,影香清且轻。
初疑美人面,照见鬓花横。
又讶嫦娥镜,冶容谁为情。
笑靥唇微启,百媚艳盈盈。

江月看将上,江潮渐已平。
江树转璀璨,缭乱雨琼英。
昔闻月中桂,托根白玉京。
缥缈飞仙蕊,落水寂无声。
依稀汉浦女,罗袜波上行。
解佩珠径寸,光彩令人惊。

今我非交甫,惆怅岸鸡鸣。
江月忽不见,江月无常荣。
唯有江潮水,依旧绕江城。

【释读】

这是一首描写春日之夜、月照隅田川的长诗。荻生徂徕这首诗受到张若虚诗的启发,但有自己独特的想象,以唐诗的风格吟咏隅田川,给人以光彩夺目的感觉。整首诗并不是单纯的景物描写,重点在于由景物引起的意象描写,表现出徂徕丰富的想象力。

这首长诗前十二句为第一段。在第一段中,作者描写了隅田川春天的景象。岸边樱花盛开,明月映照在水面,美丽的女子宛如月宫中的女神。

> 人道春江好,春江况月明。
> 林花岸上发,仙桂波中生。
> 摇动花兼月,影香清且轻。

第一、二句是说人们赞誉春天的隅田川风景优美,连明月也是非常美丽的。第三、四句描写岸边盛开的樱花、月下盛开的桂花、明月照在隅田川的水面上。第五、六句刻画摇动的樱花与水面上的明月。后面几句写由伫立的美女联想到月中女神。

中间一段的十二句首先写月升,继写樱花飘落,梦幻般的场景把人带入想象中的世界。

> 江月看将上,江潮渐已平。
> 江树转璀璨,缭乱雨琼英。

江上的明月冉冉升起,而江水涨潮后又慢慢恢复到原位。明月照耀下的樱花树清晰可见。“璀璨”,清澈明亮、闪闪发光的样子,这里比喻樱花树。“缭乱”,这里指月光下樱花树花瓣散落的情形。下面的四句进入传说中的世界,令人想到月宫中的桂树。

> 昔闻月中桂,托根白玉京。
> 缥缈飞仙蕊,落水寂无声。

我以前听到的是"月中桂",月中的桂树已扎根在"白玉京",在天帝之都立足了。"缥缈",从高天上的世界往下看到的虚幻世界。"仙蕊",仙界的花瓣飘落到下界之水隅田川中。从花瓣散落,作者想到"汉浦女"的传说。

> 依稀汉浦女,罗袜波上行。
> 解佩珠径寸,光彩令人惊。

"汉浦女"中的"汉浦",指汉皋,山名。传说西周时,郑交甫在汉皋遇到两位美女,她们赠给郑交甫佩玉(张衡《南都赋》,《文选》卷四)。"罗袜",用丝绸织成的袜子,曹植《洛神赋》描写洛水之女神走路时"凌波微步,罗袜生尘"(《文选》卷十九)的样子。"径寸",直径一寸。张衡《南都赋》李善注引《韩诗外传》载:"郑交甫……乃遇二女,佩两珠,大如荆鸡之卵。"我由眼前的明月与樱花想到汉浦两位美女凌波微步的样子,她们把佩玉赠给郑交甫。佩玉上的珍珠闪闪发光,我非常吃惊。

最后是第三段的六句。

> 今我非交甫,惆怅岸鸡鸣。
> 江月忽不见,江月无常荣。
> 唯有江潮水,依旧绕江城。

我不是传说中郑交甫那种令女性倾心的人,在不知不觉涌起的惆怅中,天逐渐亮了,岸边的公鸡也叫起来。川上空中的明月,不知何时西沉下去。"忽",飘忽不定的样子。江边的樱花在不知不觉间飘落,隅田川的流水川流不息,飘落的花瓣散落在水中。

作者在长诗中把中国古代的各种传说汇集到隅田川的夜景描写中,借用中国古典的意象展开充分想象,赞美了江户人为之自豪的隅田川,是描写隅田川的上乘之作。

徂徕的诗或描写市井风俗(七言绝句《东都四时乐》组诗),或吟咏自身的生活环境(七言律诗《萱州新岁》),或引用各种中国古代典籍和传说,或漫游想象的世界(五言古诗《春江花月夜》)。正是由于这个原因,他的诗才有了多姿多彩的风格。

第六章 和汉交汇——与谢芜村

　　江户时代中期至后期的与谢芜村（1716—1783），既是俳人（俳谐作者），又是著名画家，汉诗文的造诣也非常深。创作俳谐时，他特别重视汉诗素养，其俳谐理论为："特别要多读汉诗，由此才能脱离俗气，这是非常重要的。"与谢芜村是把汉诗文体与和文文体进行融合、努力开拓新诗形式的人。这种新诗被称为"俳诗"，而在当时，汉诗文已作为日本的文体被固定了下来。

少年及修业时代

　　与谢芜村出生于摄津国毛马村（今大阪市都岛区毛马町），据说他幼失双亲，十多岁时漂泊至江户，入俳人早野巴人（1676—1742，日本江户时代的俳句大师。译者注）之门，学习俳谐和汉诗。当时江户俳坛流行一种庸俗化的表现，芜村对此不以为然。芜村二十七岁时，巴人去世了，于是他离开江户开始游历。他首先去东北，随后辗转各地，致力于俳谐和绘画创作。二十九岁时，芜村刊行了选集《宇都宫岁旦帖》，从这时起，他开始使用"芜村"之号。

走向俳坛中心

三十六岁这年秋天，芜村回到京都，与京都俳人交游，倾心于绘画技法的提高，并与彭城百川、池大雅等人一起出入京都画坛，还热心鉴赏、研究寺社所藏的古画。芜村四十岁娶妻，生有一女，使用"与谢"姓氏。芜村以卖画维持一家三口的生活，日子过得简单而快乐。

五十岁之后，与谢芜村热心于俳谐的结社。此时日本盛行"蕉风复兴"（复兴松尾芭蕉俳句风格的文学创作。译者注）运动，与谢芜村成为中兴俳坛的领军人物。五十五岁以后，与谢芜村仿恩师早野巴人的俳号"夜半亭"，为自己取名为"夜半亭二世"。

充实的晚年

晚年，与谢芜村定居京都，他的俳谐创作进入了与松尾芭蕉迥异的、带有绘画的美感和自由空想的境界。与谢芜村学习中国明、清文人画，创立了日本独特的南画样式，与池大雅并称日本画界"双璧"，他们还合作完成了《十便十宜图》。与谢芜村主张对松尾芭蕉俳谐的回归和"离俗"，离俗的方法便是重视对中国古代典籍的活用，这是非常引人注目的俳谐理论观点。从芜村的作品集《新花摘》《夜半乐》《芜村七部集》中，可以看出他受到多种中国诗文影响。

明治中期，受正冈子规俳句革新主张影响最大的便是与谢芜村。以下是芜村的俳句名句。

春の海終ひねもす日のたりく哉か
春之海，终日轻轻荡漾。

菜なの花や月は东に日は西に

一片菜花黄,东有新月,西有夕阳。

月つき天てんしん心貧しき町を通りけり

月到天心处,独过贫民街。

江户时代,日本的儒者是汉诗文创作的主体。但江户中期以后,除儒者之外,熟悉和致力于汉诗文创作者增加了许多,与谢芜村就是其中的代表。

下面来看一下芜村的组诗《淀河歌三首》。首先,来看一下"其一"。

淀河歌三首　其一

五言绝句(去声·十七霰)

春水浮梅花,南流蒐合淀。
锦缆君勿解,急濑舟如电。

【释读】

这首组诗在安永六年(1777)、芜村六十二岁时刊行在他的俳谐选集《夜半乐》中。安永五年春,芜村在伏见为即将去大坂的友人举行的送别宴上作了这首诗。第一、二首为稍稍破格的五言绝句,第三首为汉文训读体的文语诗。作者托游女①来表达自己对友人的惜别之情,倾吐了送客时的心境。友人将要远行,目的地是大坂,宇治川从京都东南的宇治向西流去。写作这组诗时,芜村已经定居在京都,俳谐和绘画创作都已经进入了成熟期。"淀河",淀川的汉式表记法,发源于滋贺县的琵琶湖,西流进入京都盆地南部,再向西南流经今大阪平原,注入大阪湾。上游称为濑田川、宇治川,下游在盆地

---

①　游女:长于歌舞与乐器演奏、能以诗文招待客人的职业女性。

西端,称为桂川、木津川。

前半部分两句写春日的河边,作者看到梅花随波漂流。

春水浮梅花,南流菟合淀。

春日的河边,梅花漂流而下,向南流动便有了"菟合淀"。"菟",淀川上游宇治川的别名。"淀",淀河、淀川。河流南下,宇治川很快与淀川合流了。梅花在水中漂流,作者把梅花看作自己的同道,希望能够与梅花同行。

后半部分两句,作者写了停船时的心情。

锦缆君勿解,急濑舟如电。

"锦缆",对系船的缆绳的美称,作者在这里不希望解开缆绳。一旦解开缆绳,船便要远行。"濑",从沙石上流过的急水。"急",有匆忙、慌乱之意。"急濑",是说小舟快如闪电,带我疾驰而去。虽然知道一叶扁舟将会离去,但心中还是难以割舍。

"其二"接续"其一",吟咏的也是一直未能平复的心绪。

淀河歌三首　其二

五言绝句(上平・十一真)

菟水合淀水,交流如一身。
舟中愿同寝,长为浪花人。

【释读】

这首诗前半部分两句描写河水。

　　　　菟水合淀水，交流如一身。

　　从上游来的宇治川与淀川交汇在一起，既然两条河流都能够融为一体，我和你为什么还要分别呢？看到两条河流能够合二为一，我也想一直和你在一起。

　　　　舟中愿同寝，长为浪花人。

　　我在舟中，希望和你一起渡河，做一朵到达目的地的浪花。无论到什么时候，都希望自己能够成为那朵浪花。"其二"叙述的是一种留恋不舍的心情。

　　"其三"是一首汉文训读体的诗。与前面两首不同，这首诗的文体发生了变化，虽然压抑，但表达的感情并没有减弱。

淀河歌三首　其三

　　　　君如水上梅，花浮水去急。
　　　　妾如江头柳，影沉空自妍。

【释读】

　　"君……妾……"，源自曹植《七哀诗》："君若清路尘，妾若浊水泥。浮沉各异势，会合何时谐。"（《文选》卷二十三）你如水面上的梅花，花瓣随着水流而去。"急"，起强调作用，表示速度很快。"江头"，这里指河边、岸边。柳树的影子沉入水中，你就像这个影子一样，令人捉摸不透。"其三"在曹植诗的基础上创出了新意。"君若清路尘，妾若浊水泥"，曹植把男人比喻为"尘"，把女性比喻为"泥"。芜村对此进行了模仿，他以梅花比喻男人，以柳影比喻女人。

　　芜村把这三首组诗设定在女性送别远游男子的场景，吟咏女性的心情。这种吟咏方式在中国南朝民歌中极为流行,唐代后期再度流行起来(如南朝《子夜四时歌》和《长干行》等)。芜村把它移植在日本淀川的舞台上,这组诗与日本的风土并没有违和感。这三首组诗吟咏的感情变化、诗歌文体的变化、旋律的变化是一致的。"其一""其二"符合朗朗上口的汉诗旋律,"其三"则变成日文的旋律,风格虽有变化,而情感却是一致的。

空前绝后的雄心之作

与谢芜村尝试将汉文脉与和文脉相融合,下面就与谢芜村组诗中的文体变化,来看其一首作品中的合并诗型。

这首诗名为《春风马堤曲》。"马堤",为芜村的故乡、大坂毛马村的河堤。诗中出现了三种诗型。第一是五七五的发句(① 汉诗、和歌的第一句;② 连歌、连句的第一句;③ 俳句。译者注)。发句是俳谐联句的开端,五七五句是独立的,发句的形式是其中之一。第二是汉诗中的五言绝句。第三为汉文训读体、日语的文语诗。《春风马堤曲》这首诗收录在《夜半乐》中,诗前的序也很优美。

春风马堤曲序

余一日问着老于故园,渡淀水过马堤。偶逢女归省乡者,先后行数里,相顾语。容姿婵娟,痴情可怜。因制歌曲十八首,代女述意题曰《春风马堤曲》。

【释读】

现在来细细地看一下。

余一日问着老于故园,渡淀水过马堤。

在某一天，我去拜访故乡村中的长老。"耆老"，老人。六十岁为耆，七十岁为老。"故园"，故乡的村子。"问"，拜访。渡过淀川，通过毛马村的大堤。

　　偶逢女归省乡者，先后行数里，相顾语。容姿婵娟，痴情可怜。

在一个偶然的机会，我与归乡省亲的女孩相遇，一起步行数里。这个女孩"容姿婵娟"，雍容大气，身材婀娜，可爱的样子令人怦然心动。"可怜"一词在汉诗文中有"喜欢""可爱"的意思，这里是说芜村对女孩有些心动。

　　因制歌曲十八首，代女述意，题曰《春风马堤曲》。

于是我根据这次体验创作了十八首诗歌，代替女孩表述心情，名为《春风马堤曲》。

正文由十八首诗歌组成。在句子前面标注圆形标记，每一个圆形标记代表一首诗。

春风马堤曲十八首

○飞出的浪花汇入到了长柄川。
○长堤上的春风吹到了遥远的家中。
○堤下摘芳草，荆与棘塞路。
　荆棘何无情，裂裙且伤股。
○溪流石点点，踏石撮香芹。
　多谢水上石，教侬不沾裙。

〔五言绝句（上平·十二文）〕

○在一轩的茶饮中,看到了衰老的柳树。

○茶店的老婆子见侬献殷勤,祝贺无恙且美侬春衣。

○店中有二客,能解江南语。
　　　　　　　　　　　▲
　酒钱掷三缗,迎我让榻去。
　　　　　　　　　　　▲

〔五言绝句(去声·六御)〕

○古驿三两家,猫儿呼妻来。

○呼雏篱外鸡,篱外草满地。
　　　　　　　　　　　▲
　雏飞欲越篱,篱高堕三四。
　　　　　　　　　　　▲

〔五言绝句(去声·四寘)〕

○春草路三叉,迎我捷径中。

○蒲公英花开,三三五五黄。
　三三记得白,去年此路归。

○怜此蒲公英,茎短泡乳汁。

○忆昔慈母恩,慈母怀袍别有春。

○春天形成的浪花,似白梅生长在花桥边的财主家,春情也宛如风流的浪花。

○辞乡负弟身三春,舍本求末接木梅。

○故乡春深行行又行行,杨柳长堤道渐远。

○矫首初见故园家,黄昏倚户白发人,抱弟待我春又春。

○君不见古人太祇句,薮入寝室亲侧旁。

【释读】

　女孩离开大坂来到长柄川,她沿着河边的长堤,步行回家,然后叙述了路上的各种见闻。长柄川是淀川的支流。下面还是分成若干段来解读欣赏。

　　○飞出的浪花汇入到了长柄川。
　　○长堤上的春风吹到了遥远的家中。

　　终于可以回家了,女孩像浪花一样,来到了长柄川。春风融入心中,行走在大堤上,离家越来越近了。

　　○堤下摘芳草,荆与棘塞路。

　　女孩走下斜坡,看见"芳草",把鲜花摘了下来。"荆与棘",荆、棘之类低矮有刺的灌木。"荆与棘"阻挡女孩行路,她的脚和裙子都被划破了。

　　荆棘何无情,裂裙且伤股。

　　荆棘无情,划破了我的"裙",伤了我的腿。气质优雅的女孩走到堤下采摘鲜花,没想到被荆棘划破了裙子,腿也受伤了。诗人这样描写了日落的场景,对女孩的感情也进一步移入。
　　芜村为什么特意用汉诗来描写这个场景呢? 从汉诗的意象来说,第一句的"芳草"是与亲人相聚的常用词,《楚辞》中便有这样的意象(参见"一休的心灵历程"所引《楚辞》内容),这样的描写正好符合女孩此时的心境:早一点回到家,和母亲团聚。心情欢快,所以女孩去摘"芳草",未曾想遭遇荆棘。在汉诗的世界,"荆棘"多喻"困难、辛苦"。在这首诗中,"荆棘"暗示着女孩回家与母亲相见的旅途坎坷。
　　接着,女孩又沿河岸前行。她是在清洗被荆棘划伤的伤口吗? 她又采摘了香芹,香芹如同春草一样。

○溪流石点点,踏石撷香芹。

多谢水上石,教侬不沾裙。

"溪流",指流经堤下的长柄川。长柄川流动时,石头也会"点点"地出头了。踏着川中的石头,女孩采摘带有香味的芹菜。因为是站在露出水面的石头上,女孩的裙子才没有被弄湿。摘"芹",具有祈愿旅途平安无事之意。女孩希望身体不再受伤,一路平安,早日和母亲团聚。

女孩继续赶路,很快便来到茶馆,女孩和我一起进入茶馆休息。

○在一轩的茶饮中,看到了衰老的柳树。

在一轩的茶店中,看到了垂头的柳树。几年时间不见,树却不知什么时候衰老了。

○茶店的老婆子见侬献殷勤,祝贺无恙且美侬春衣。

茶店中的老妇人见到我颇为"殷勤",亲切地向我"祝贺无恙"。"美侬春衣",是对我春衣的赞美之词。从前相识的老妇人又见面了,这是一位慈祥的老妇人。

来到店中,已经有两位客人在这里了。这两位好像是道顿堀学识渊博、通晓古今的人。我来到桌前坐了下来。

○店中有二客,能解江南语。

这里的"江"为淀川,指大坂的旧城之内,特别是指道顿堀的周围。道顿堀(今大阪市南区)为江户初期元和元年(1615)由安井道顿开挖的运河。在河岸两边,有获得营业许可的剧院及茶屋。店里有两位客人,他们"能解江南语"。"江南",道顿堀一带。这两位客人住在繁华的道顿堀,是见过世面、有阅历的人。他们看到我之后,让我坐到凳子上。

酒钱掷三缗,迎我让榻去。

先到的两位客人以"三缗"作为酒钱,替后来的两人付了账。"缗",串起铜钱中间方孔的绳子,这里指钱。"三缗",形容钱的数额大。于是我们轻松地坐下来,心中存着一些感动,源于对故乡的深情。女孩便说:"啊!回来啦!回来就好啦!"

下面是写从茶馆出来以后的所见所闻。

○古驿三两家,猫儿呼妻来。

在古驿站旁边有两三户人家,公猫招呼着母猫,但母猫却没有出来。这两句写村中非常安静。

○呼雏篱外鸡,篱外草满地。

主人呼唤小鸡,想把它们叫回来。篱笆外是茂密青草地。

雏飞欲越篱,篱高堕三四。

小鸡虽然想扇动翅膀飞出篱笆,但最终还是掉了下来。作者实际上是用"雏飞"表达"想早点回家,但却无法回去"的女孩的想法。

○春草路三叉,迎我捷径中。

青青小草，长在三岔道上。女孩劝我走近道，是因为这里有盛开的蒲公英花。

○蒲公英花开，三三五五黄。
　三三记得白，去年此路归。

黄色的蒲公英盛开，也有白色的蒲公英夹杂其中。由此想起数年前我赴大坂时，在这条路上曾看见女孩在此采摘蒲公英。

○怜此蒲公英，茎短沺乳汁。

这是文语体诗。"怜此"，这里指摘取蒲公英时的爱怜行为。采摘蒲公英时，因其茎断，切口处会流出乳白色的汁。因细致的观察，才会联想到母亲的"乳汁"。

下面写女孩对母亲的思念感恩之情。

○忆昔慈母恩，慈母怀袍别有春。

现在回忆起昔日，不由想起了"慈母"，一边走在路上，一边想起这些事。当母亲"怀袍"我时，我感受到她的怀抱如春天般的温暖。"怀袍"，通常表记为"怀抱"，意为心中之思。"袍"，棉衣服。

○春天形成的浪花，似白梅生长在花桥边的财主家，春情也宛如风流的浪花。

"春"，指母亲如春天般的关爱，也指自己的家庭。我的经历中也有类似的情况，这便是我在大坂工作时的情形。工作的地方盛开着白色的梅花，浪花冲击着桥边的富裕之家。"春情"，指上了年纪时时想起当年的浪花、流行的服装和发型等，引起内心触动。

　　○辞乡负弟身三春，舍本求末接木梅。

　　这两句，女孩回忆"辞乡"，离开故乡离开家，与幼弟分别，时间已过去三年。"三春"，经过三个春天，即三年。"舍本"，忘了自己的本分，贪图眼前的享乐。"求末"，追求眼前的享乐，寻找趣事。这些事情如同给树木嫁接梅花一样，与自己原来的想法完全不同。我在城市生活，受到城市习俗的影响，完全忘记了自己的初心。这样的反思，才是女孩的真实心态。

　　最后写女孩急于回家，故乡春深。

　　○故乡春深行行又行行，杨柳长堤道渐远。

　　"行行又行行"，出自《古诗十九首》"行行重行行，与君生别离"（《文选》卷二十九）。我的故乡已是暮春了，我走啊走啊，不停地走。长堤上绿柳成荫，走在堤上，逐渐下了坡。前面就是我的家了，终于回到了家乡。

　　○矫首初见故园家，黄昏倚户白发人，抱弟待我春又春。

　　"矫首"，昂首、抬头，源自陶渊明《归去来兮辞》"时矫首而遐观"。"倚户"，形容母亲在家门口等待儿子回归时的情形。出自"倚门望"的故事（《战国策·齐策》）。抬头看到的是我的家，黄昏中，白发母亲抱着幼弟倚着门在等我。"春又春"，指等待了一个又一个春天。

　　○君不见古人太祇句，薇入寝室亲侧旁。

"君不见",为歌谣体诗的惯用句。您有什么不知道的吗？是知道的啊！"古人",指先辈太祇,是一位与芜村先辈同时代的、名叫炭太祇的人。"太祇",炭太祇(1709—1771),江户中期的俳人。太祇在日本各地游历后,四十多岁入京都坐禅修行。后入演剧界,最后定居在岛原的游郭,教授书法和俳谐。最后回到江户,参加了芜村的俳谐结社。芜村写这首诗时,太祇已经去世了。"薮入",指旧时下人在得到主人允许后可以回家,这是日语特有的词语,中文一般译为"假期"。"薮入"也是炭太祇的诗句:在假期时,我回到了家乡。进入了寝室,来到了双亲的床边。"亲侧旁"没有了父亲,只剩下一个亲人,这便是世界上唯一的亲人——母亲！

"倚户白发人"源自中国战国时代的故事。有一个名叫王孙贾的年轻人,仕于齐。后来齐王逃走,去向不明,王孙贾只得回家。母亲见到他,问道:"你每天回来晚了,我会倚在家门口等你,有时也会在村口等你。你既然是大王的侍臣,竟然不知道他去哪儿了,那你还回家干什么？"王孙贾听后很惭愧,马上离开家去打听齐王的下落。听说齐王被杀之后,马上带领四百人去讨伐敌人。这里的"倚门望"为一个成语,表达等待儿子回家时母亲的思念之情。作者使用这个典故,其意义即在于此。

由以上分析可见,《春风马堤曲》活用了汉文的文脉,中国典故在这首诗中留下深深的烙印。汉诗名句与汉文故事融入作品,芜村娴熟于汉文文脉,信手拈来,自由自在地进行创作。

《春风马堤曲》是一首典型的"和汉混淆文"作品。

第七章　短暂的流光——狂诗的世界

　　本章带领读者赏析从江户时代后期至明治时代中期流行的"狂诗"，狂诗是汉诗在日本独立发展后出现的一种滑稽文学。

　　狂诗的发展与当时居住在都市的工商业者、即所谓町人的活动有关。这些人从事商业、手工业，积累了财富，于是便讴歌他们自由、豪奢的生活。他们关心现实的享乐，这便产生了所谓"町人文化"，以浮世草子和歌舞伎、浮世绘为代表。

　　町人文化也受到儒家思想的影响，发展出"心学"，强调武士便是武士、农民便是农民、町人便是町人。对于町人来说，他们看重商业赢利与道德的一致，他们重视"正直、俭约、隐忍"三种道德教化，由此确立了日本人的道德观。

　　在文学领域，十八世纪中叶享保年间（1716—1735）产生的杂俳（为"川柳""前句付""冠付""折句"滑稽"俳句"等通俗文艺的总称。译者注）、川柳（日本的诗歌形式，音节与"俳句"相同，但不像俳句要求那么严格，多调侃社会现实，以口语为主，轻松诙谐。译者注）、狂歌（通俗滑稽的和歌。译者注）、洒落本（也称"蒟蒻本"。日本宝历、文政年间［1751—1829］流行于江户的一种通俗小说。主要通过在熟悉和不太熟悉妓院情况的人中故意制造出一些滑稽对比,表现嫖妓的窍门、乐趣和妓院的生活。多为轻妙、滑稽的对话体,结构完整、用笔细腻,很受世人欢迎。译者注),反映的都是町人阶层的文化,有滑稽要素,其文学精髓是汉诗,并以狂诗的形式流行起来。

寝惚先生与铜脉先生

狂诗在天明(1781—1788)之后迅速流行起来,"东寝惚,西铜脉"所说的寝惚先生(大田南亩)和铜脉先生(畠中观斋)起了很大的作用。

江户时期的大田南亩(1749—1823),本名大田覃,晚年名"蜀山人",以"大田蜀山人"闻名,作为狂诗作家又名"寝惚先生"。寝惚先生出身于世代仕于幕府的武士之家,生于江户深川。他十岁开始学习汉学和和歌,十七岁仕于幕府,很早就展现出汉诗文的才能。除此之外,他还长于狂歌、戏剧创作,洒落本、话本创作,作品以狂歌集《万载狂歌集》、洒落本《轻井泽道中粹语录》、黄表纸本《此奴和日本》等最为有名。寝惚先生做过审查员,了解社会现实,作品内容深刻。狂诗集《寝惚先生文集》出版时他只有十九岁,名声大噪,开辟了狂诗流行之路。来看一下寝惚先生的一首狂诗。

《贫钝行》,亦称《贫愚歌》。"行",歌谣体诗。如《何何行》,是"何何歌"之意。

贫钝行
七言古诗

为贫为钝奈世何,食也不食吾口过。
君不闻地狱沙汰金次第,于弄追付贫之多。

【释读】

第一句以"贫钝"入诗,意为贫乏、头脑迟钝,这种状态怎么会出现在浮世中呢?第二句"食也不食"是说人生在世只不过是为了生存而已。第三句的"君不闻",是歌谣体汉诗经常使用的词语,意为"你听到了吗""能听到吗",是一种惯用句。"地狱沙汰金次第"是说在地狱受到审判时,如果有钱,判决就会对你有利,相当于"有钱能使鬼推磨"。第四句"于弄追付贫乏多",是说想多赚钱,因为感到自己很贫困,全诗以此作结。"稼追贫乏"(日语中的当用汉字,汉语意为"勤劳致富"。译者注)是一句有名的谚语,曾被井原西鹤(1642—1693,日本江户时代小说家,俳谐诗人。译者注)以"稼追贫乏神"形式引用,具有两种说法。

寝惚先生的狂诗经常引用各种各样的谚语,他也常写身边的趣事,这是狂诗的总体特色。狂诗中常用大和语(也叫大和言叶,是指日语里非汉语、外来语的那一部分,也叫做日本语的固有语。译者注),第二句中的"口过"、第三句中的"金次第"、第四句中的"弄追付"都是用汉字表记出来的大和言叶,但并不是汉语。汉语原本是从中国传来的音读熟语,汉诗便是用汉语创作的。在狂诗中,和语的表现有些牵强,融入汉文脉时,其中的表现有些独特,这样的写作方法在狂诗创作中被继承下来。寝惚先生创作的正统汉诗虽然多种多样,但有趣的是无论是汉诗,还是现在看到的狂诗,均有大和言叶混入的例子。

来看下面的《深川词》,门前町的深川当时非常繁华。

深川⁽¹⁾词
七言律诗(上平·一东)

土桥橹下仲町⁽²⁾通,大鸟居⁽³⁾高永代⁽⁴⁾东。
侠客⁽⁵⁾浴衣亲和染⁽⁶⁾,女房栉卷⁽⁷⁾本多风⁽⁸⁾。

予知一日山开⁽⁹⁾处,正是二轩⁽¹⁰⁾金落中。

三十三间堂⁽¹¹⁾未建,俨然⁽¹²⁾弓矢⁽¹³⁾八幡宫⁽¹⁴⁾。

【注释】

(1)深川:隅田川河口附近(今东京都江东区的西部)。

(2)土桥橹下仲町:指"深川七场所"(非幕府认定的游乐设施),特指土桥、橹下、仲町等时髦衣饰、发型的发源地。

(3)大鸟居:似指"一鸟居"。位于富冈八幡宫社殿之西、永代寺之东,建有茶屋和町屋,售卖鳗鱼、牡蛎、蛤等特产。

(4)永代:指永代寺,位于富冈八幡宫的别当寺(神社内的寺院),门前町的花柳街盛极一时,这里的辰巳芸者(辰巳是地名;芸者即艺伎。译者注)非常有名。

(5)侠客:原指抑强助弱、具有英雄气概的人。这里指活泼可爱、顽皮纯情的小姑娘。

(6)亲和染:江户时代安永年间(1772—1781)流行的印染样式,据说为书法家三井亲和(1700—1782)的篆书笔迹。三井亲和还长于弓术和马术,经常在深川三十三间堂举行射箭比赛,据说一天最多射出通矢(武士的一种比试,以一天为限,只记录射出的箭支数。译者注)480支。

(7)梳卷:女性结发的方式,使用元结(束发髻为系纽形状),用梳卷发为圆形在头后部。

(8)本多风:本多地区的发型。原为本多忠胜(1548—1610)家族男子的发型,结为细高髻,形成卷状。在江户时期的安永年间流行起来,后来成为游女的发型。

(9)山开:江户有名的年中节日。永代寺的庭园以景观优美而闻名,从享保年间(1716—1735)开始,在举行弘法大师空海佛事的三月二十一日至四月十五日对外开放。

(10)二轩:位于八幡社地的二轩茶屋,为永代寺的庭园,与洲崎弁天的料理茶屋一样,人气很高。

(11) 三十三间堂：为宽永十九年在浅草松叶町、八幡社地所建的堂，元禄十一年(1698)被焚毁，翌年在深川永代岛重建，模仿了京都东山的三十三间堂（天台宗、莲华王院本堂的通称）。宽永(1624—1643)以后，在这里举行"通矢"竞技。射者进行射箭比赛，把箭从堂的一端射向另一端。三十三间堂每两间有一立柱，实际距离为六十六间（约一百二十米）。每年三月至四月举行比赛，这也是京都三十三间堂行事。

(12) 俨然：严肃庄重的样子。引申为一本正经、煞有介事的样子。

(13) 弓矢：平安末期以后，因为要强化八幡神作为武神、军神的特征，故把八幡神称为"弓矢神"。

(14) 八幡宫：这里指富冈八幡宫。

【释读】

隅田川的七座桥中，位于最下游的是永代桥，建于元禄十年。德川家康进入江户时，这附近还是芦苇丛生的海滩，不久，深川八右卫门等人开始开发这一带，隅田川作为捕鱼者的聚集地发展起来。明历大火(1657)之后，隅田川形成米谷业、木材业繁盛的商业街。

明和九年(1772)大火，大半个江户城被焚毁，但深川和本所幸免于难。老中（江户幕府的职名，职位大致和镰仓幕府的连署、室町幕府的管领相当，是征夷大将军的直属官员，在大老未设置的场合，是幕府的最高官职。译者注）田沼意次(1719—1788，江户中期的武士、大名，幼名龙助，远江相良藩的初代藩主。相良藩田沼家初代，是纪州藩的下级武士。译者注）统治时，深川进入全盛时期，深川八幡的各阶层人士汇聚于此。作为深川象征的富冈八幡宫，由宽永年间京都长盛上人劝请所建。上人得八幡神之梦，遂从京城下江户，在隅田川的中洲看到苇荻丛生的永代岛，发现了白羽之矢。随后经大规模的开拓整治，形成大片农地。幕府因其造地有功，遂允许其在此地营建富冈八幡宫和永代寺。长盛上人在附近建设街道和房

歌川广重《江户名所图会》(日本国立国会图书馆藏)

屋,这一带作为门前町发展起来,茶馆林立,成为受欢迎的游兴之地,明和(1674—1772)、安永(1772—1781)年间达到极盛,各种各样的行事在这里举行。

富冈八幡宫内,有一座名为永代寺的寺院。永代寺庭园景色非常优美,旧历三月下旬至四月中旬,永代寺庭园开放,称为"山开"。这样的"山开"是江户重要的年中行事之一,"山开"行事即是这首诗的题材。

　　　　土桥橹下仲町通,大鸟居高永代东。

步行去访问深川,不久便到了八幡宫的大鸟居,这里便是"土桥橹下仲町",街道上的游乐设施很多。从这里向前走,便来到永代寺的东面。

　　　　侠客浴衣亲和染,女房栉卷本多风。

第三、四句为对句,描写永代寺门前的热闹景象。茶馆、店铺鳞次栉比,"山开"的第一天,人声鼎沸,游人拥挤,场面非常混乱,女孩和少妇格外引人注目。她们穿的浴衣,便是现在流行的"亲和染"。这种印染样式,上面印有书法家三井亲和的字,尤其是篆书体书法的图案、样式,在当时流行一时。少妇们的发型是用梳子挽成的,与本多家(指日本战国至江户时代初期的武将、大名本多忠胜[1548—1610]家族。他一生参加过五十七场战役却从未受伤,人称其为"八幡大菩萨"的化身,被当世名将称赞。译者注)的发型相似。这种用梳子梳成的圆形发型,特别受本多忠胜家族青睐,风靡一时。本多忠胜是安土桃山时代至江户初期的大名、身经百战的武将,为德川政权的巩固居功至伟,所以本多家的发型便流行开来。

予知一日山开处,正是二轩金落中。

后半部分的第五、六句仍然是对句,写自己在热闹的二轩茶屋中。二轩茶屋是位于八幡机构内的茶馆,不仅提供茶饮,还为客人提供各种各样的游乐。"予知",是指在此之前已经留心,所以才能找到快乐。今天是开放山林活动的第一天,虽然各种各样的店铺、茶馆众多,但只有二轩茶屋生意兴隆,受到人们的交口赞誉。

最后是第七、八句,描写"通矢"行事。从三十三间堂的一端到另一端,二者的距离是 119 米,来回往复不正是需要射箭的次数吗?数次比赛竞技,便是"通矢"。前面提到"亲和染"的三井亲和也是这方面的名人,他有上千次射箭命中 488 次的记录。营建富冈八幡宫也是为了"通矢"行事,在听到京都的街坊中有八幡之神的消息后,作者才来到江户。第七、八句从"通矢"行事写到八幡宫和永代寺的由来,将二者联系在一起。

三十三间堂未建,俨然弓矢八幡宫。

　　三十三间堂的通矢竞技非常有名，其堂虽然未建，但已经"俨然"存在于人们的想象中，这便是供奉着弓矢之神八幡神的八幡宫了，这两句是表达对富冈八幡宫的敬意。

　　这首诗写深川开放山林活动第一天热闹和混杂的场景，用和语创作，如第二句的"大鸟居"、三四句的"浴衣""栉卷"、第六句的"金落中"、第八句的"弓矢"都是如此。意图在于遣词造句，或许也应看作与谢芜村诗风的延续。芜村是年长大田南亩三十岁的前辈，他把汉诗的形式与日语文语诗的形式及其发句融合在一起。一首作品存在不同形式的是他的《春风马堤曲》，它与南亩先生吟咏的内容同根同源。在当时，汉诗的形式已经成为日本人惯用的文体，以狂诗为代表的诗歌，是受到当时汉诗语言影响的作品。这一时期，中国的小说和戏曲大量输入日本，受到人们的喜爱，其影响正如前面指出的那样。如青木正儿先生所言，在中国戏曲中，诗歌也交织在其中。小说的故事情节复杂，诗歌也嵌入其中。戏曲表演时人物在吟咏介绍自己的短诗时，口语交织其中，日本狂诗受此影响很大。

　　下面介绍与寝惚先生同样享有盛誉的"铜脉先生"的狂诗作品。铜脉先生，姓畠中，名骐，号观斋。畠中观斋（1752—1801），戏号"铜脉先生"。"铜脉"有流氓、无赖之意。畠中观斋生于京都，少年时服务于京都圣护院，以才气名噪一时。青年时期求学于那波鲁堂，鲁堂为江户初期大儒藤原惺窝的高足那波活所之子，铜脉先生的教养、见识便是由鲁堂先生教育出来的。明和六年（1769），他十八岁时出版了狂诗集《太平乐府》，那时《寝惚先生文集》刚刊行两年，诗集立刻在江户风靡一时（从此之后便有了"寝惚的滑稽、铜脉的讽刺"之称）。《太平乐府》好评如潮、洛阳纸贵，此后又出版了四册续编。在狂诗之外，作者还出版了滑稽书籍，并注释了杜甫的诗，翻译了中国戏曲，后与柴野栗山一起从事图书校订工作。狂诗的创作在宽正时期、作者三十多岁时便停止了，这与宽正改革取消言论自由有关。在此之后,畠中观斋给寝惚先生写信,在信中他们互有诗歌唱和,二人唱和的诗歌后来结集出版。

下面从《太平乐府》中选两首,这些是铜脉先生十八岁之前的作品。首先来赏析《述怀》。

述　怀

七言绝句(下平·一先)

弘法笔谬猿落树,吾投娼妇多弃钱。

回头家财无残物,今更难筹死子年。

【释读】

"述怀"是指述说心中的秘密,铜脉先生这首诗怎样告白呢?

弘法笔谬猿落树,吾投娼妇多弃钱。

前半部分的两句,在日本经常被当作谚语引用。"弘法(弘法大师是日本真言宗的开山始祖空海,俗姓佐伯。空海是日本平安时代杰出的僧人、著名书法家,曾于延历二十三年[804]赴唐,在长安青龙寺密教高僧惠果门下学习真言密教。两年后他返回日本,在高野山修建了金刚峰寺,后将东寺作为真言道场。译者注)笔谬猿树落",是把两个故事合并在一起,在人生的道路上,即使是优秀的人也有遭遇失败的时候,像我这样的人也不例外。第二句是说,我经常把游女看作自己的理想之人,并为她们花了大量金钱。

回头家财无残物,今更难筹死子年。

后半部分两句,又回到"我"自己的情况。我回到家中,看到"家财"已经所剩无几。"残物"的"残"在汉诗文中有毁坏、破坏之意,

"无残物"是指家中的财物被毁坏。这是一首狂诗,所以诗中带有日式"残物"的读法。第四句作者述说至今最后悔的是孩子的夭折,但人死不能复生。"死子数年"成为日语中的一个谚语,具有"劳而无功"的意思,与"后来的祭祀"联系在一起。

这首诗把对现实政治的批判与对世俗的讽刺紧密联系起来,诗题表达对自己人生的感叹,故称之为狂诗。第一句与第四句引用的谚语,令人想起前面寝惚先生的《贫钝行》。实际上,铜脉先生的狂诗集《太平乐府》以五言古诗《遥寄寝惚先生》开始,足见铜脉先生对寝惚先生的敬意,或许这是因为在诗歌创作风格方面作者得到许多启示吧。

再看铜脉先生的另外一首狂诗《河东夜行》。"河东",指位于京都鸭川之东祇园的花街。祇园位于八坂神社(京都市东山区)附近,这里的门前町极为繁华,花街非常有名。

河东夜行
七言律诗(下片·八庚)

三弦声静后过迎,回使挑灯夜半明。
番太逐蓑怒掷棒,女郎送客留含情。
按摩疯癣吹箛去,温饨荞面焚火行。
月净风寒腹已减,京师红叶怀中轻。

【释读】

首先写夜的安静,自己深夜在祇园庭院散步。

三弦声静后过迎,回使挑灯夜半明。

白天过后,静静的夜晚开始了。"三弦",这里不仅指三味线的声音,也指晚间来此的游女。"后过",半夜结束工作的游女。此时,游女们迎来了属于她们自己的时刻。"回使",是指在娱乐场所和茶馆迎送客人和游女的男子,他们提的灯笼在暗夜发出耀眼的光。

> 番太逐獒怒掷棒,女郎送客留含情。

"番太"即"番太郎",指町内防火和夜间巡逻打更者。"番太"驱赶野狗,在夜间巡逻。"女郎",送客回来的游女,她们为了留住客人而"含情"。这两句是写夜色已深时街上的场景。

> 按摩疝癖吹笳去,温饨荞面焚火行。

医生完成工作后吹着笛子离开了。"疝癖",需要进行手术才能治好的病。灶台锅中还煮着荞面,黑暗中的火光给人以温暖。

> 月净风寒腹已减,京师红叶怀中轻。

我在深夜散步,看到月亮熠熠生辉,冷风吹拂在脸颊上,感觉肚子上的赘肉好像减去不少。"京师红叶",以京都漂亮的红叶代指个人的腰包,即身上带的钱。"红叶",一说是红叶豆腐,或者是以鹿肉的别名代指"红叶"。所谓"腹减",又好像是指没有带钱的人。在深夜月光下,看到眼前的红叶,更是增添了一种悲伤。

本诗总体带有一种悲伤的气质,开始是静静的氛围,中间四句把各种人物交替写入,场面热闹,最后又回到宁静,如同一部短片。这首诗也具有狂诗特有的大和言叶,如第一句的"后过"、第二句的"回使"、第三句的"番太"、第四句的"女郎"便是如此。"女郎",在汉诗文中是单纯的年轻女子的意思,但在这里的和语用法却是指游女。这首《河东夜行》堪称狂诗的代表作。

狂诗流行不久,宽正改革开始,此后狂诗便逐渐失势。宽正改革开始时,寝惚先生三十九岁。改革希望树立"节约""俭约""奖励文武之功"等价值观，一些游戏之事成为取缔对象，大田南亩的狂歌和戏作也被牵扯进去，于是他便专注于幕府的工作，因为他毕竟是实际工作能力很强的人。

名店向导

狂诗名家还有一位是木下梅庵，他与前面两位先生是同时代人。木下梅庵名健藏，出身于医生世家，他本人于文化（1804—1818）、文政（1818—1829）年间在江户开始创业。作为狂诗作家，木下梅庵号"方外道人"，有狂诗集《茶果诗初编》《江户名物诗初编》《笑注干果诗》，此外还有《碧水堂医话》等。

在他的作品中，最有趣味的当属《江户名物诗》。江户的各种老店和名店，都曾被狂诗吟咏。以诗歌的形式作为名店的介绍和导游词，是非常有意思的事。木下梅庵也可能是受这些店铺的委托，店家把他的这些诗张贴在店铺门前和店内墙壁上。下面从中选两首来看一下。

翁屋煮染
七言绝句（上平・十三元）

暖帘高挂翁之面，几个盘台煮染温。
上野花开三月始，便当重诘注文喧。

【释读】

翁屋是位于上野小路上的店铺，以煮染和寿司闻名。

暖帘高挂翁之面，几个盘台煮染温。

暖帘高高地挂在老翁的面前，几个盘子排放在台子上，煮染还有一些温度。"盘台",浅而宽的盆子。"煮染",用特殊材料为汁,把鱼类和有壳的水生动物、肉、蔬菜、奶制品混合后,加酱油、砂糖调味,经长时间煮成,作为便当是年中行事的重要物品。

　　上野花开三月始,便当重诘注文喧。

　　上野盛开樱花的三月,便当、百合、各种货品混合在一起,店铺非常热闹。把煮染放在便当中,保存食物会更加方便,是年中行事时不可或缺的蔬菜料理。

　　这首狂诗吟咏了文化、文政时代的都市风俗。这一时期,江户开埠,繁荣至极,文化中心也从京都转移到江户。江户的学术和艺能非常繁荣。戏剧方面有十返舍一九(1765—1831,日本小说家,本名重田贞一。青年时期曾在地方官的私邸中作过食客,后在大阪流浪,和若竹笛躬、并木千柳等合写过净琉璃。译者注)的《东海道中膝栗毛》、式亭三马(1776—1822,日本小说家,生于江户。当过书店学徒,卖过药品、化妆品和旧书。经商之余从事创作,他反对写复仇故事。为了迎合市民趣味,写过表现男女私情的小说。译者注)的《浮世风吕》《浮世床》等。还有为永春水(1790—1843,江户后期戏作小说家。译者注)的《春色梅儿誉美》,以及曲亭马琴(1767—1848,本姓泷泽,名兴邦,曲亭是他以中国巴陵曲亭所取的笔名,江户时代著名的畅销小说家。译者注)的《南总里见八犬传》读本小说。俳谐有作家小林一茶(1763—1827,江户时期著名俳句诗人,本名弥太郎,别号菊明、二六庵等,作品主要表现对弱者的同情和对强者的反抗。译者注)。歌舞伎有鹤屋南北(1755—1829,原名伊之助,又名大南北。德川时代晚期歌舞伎剧本作家,以写神怪剧驰名。译者注)、河竹默阿弥(1816—1893,江户人,本名吉村新七,明治初期最著名的歌舞伎剧本作家。译者注)。浮世绘有葛饰北斋(1760—1849,江户时代浮世绘画家,其绘画风格对后来的欧洲画坛影响很大,是入选"千禧年影响世界的一百位名人"中唯一的日本人。译者注)、安藤广重(1797—1858,又名歌川广重,善于用色彩表现大自然的柔美与和谐。译者注)。此外,川柳也在这一时期发展起来,落语、讲谈、手品、娘义太夫(净琉璃的流派之一。贞享年间[1684—1687]由竹本义太夫创始,吸取了豪放的播磨节、纤细的嘉太夫节和其他音曲的长处。在近松门左卫门、三味线竹泽权右卫门、傀儡师辰松八郎兵卫等人的推助下,元禄年间[1688—1703]开始流行,天保年间[1830—1844]在江户流行。从明治二十年开始至明治末年是其发展全盛期,著名人物有竹本绫之助、丰竹吕升。又称女净琉璃、女义太夫。译者注)等文艺形式风行一时。而另一方面,幕府制度出现动摇,一些扎根于本土的制作技艺有了较大的发展,方外道人的狂诗记录了这些纤细极致的艺术形式。即使我们现在看《翁屋煮染》诗,仍然会觉得魅力四射,那店前飘着的香气、来来往往客人的喧哗、满目的鲜花,都会不断地浮现出来。

再看下面这首《长命寺樱饼》诗。

长命寺樱饼
七言绝句(上声·二十三梗)

帜高长命寺边家,下户争买三月顷。

此节业平吾妻游,不吟都鸟吟樱饼。

【释读】

长命寺是位于江户向岛(东京都墨田区)堤上的古刹,本名常泉寺。宽永年间,德川幕府第三代将军德川家光曾在此休息,遂将此寺改名"长命寺"。长命寺为观雪赏樱绝佳处,有歌碑、笔冢等,还有樱饼等特产。樱饼是一种蒸饼,据说是享保二年(1717)长命寺门番山本新六始创,是将面皮包上小豆馅及用盐渍一年以上的樱花后蒸熟,深受赏花客喜爱。

帜高长命寺边家，下户争买三月顷。

"帜"，带有标识的旗帜，挂在旗杆上。"下户"，这里指不能喝酒的人，他们喜爱甜食。

此节业平吾妻游，不吟都鸟吟樱饼。

"业平"，即在原业平（825—880），平安时代初期歌人，被公认为美男子，《伊势物语》记载了他的许多故事。相关的故事，也是狂言和歌舞伎等的题材。业平出身皇族，藤原氏全盛时曾在京都为官，后辞官东下来到隅田川。他看到江面百舸争流，一些不知名的水鸟在捕鱼，于是吟咏了一首著名的和歌："不负其名之都鸟，容吾一问，吾爱之人，今昔何方。"（《今昔物语集》《古今集》等）作者把这个典故写入诗中。"此节"，即今世。昔日在原业平如果在此散步，不唱都鸟（蛎鹬、鸥鸟。译者注）之歌而一定会有吟咏樱饼的歌谣。"吾妻"指上京（京都—大阪地区，以及关西地区）、江户。吾妻桥当时已经建成，桥与长命寺稍稍有些距离，这里有在江户吾妻桥附近之意。

狂诗是汉诗在日本文学土壤中产生的本土化成果，由于时代变迁，其魅力已消减不少。狂诗作者以其卓越的眼力和描写力，深入刻画各地的风俗特征。而中国诗人在诗歌中吟咏名胜古迹时，无论是吟咏汨罗（湖南省），还是吟咏香炉峰（江西省），都与日本狂诗存在着较大的违和感，这也是中国诗人与日本狂诗在文学精神方面一个极大的不同。遗憾的是，狂诗背负的却是一种悲惨的命运。如前所述，狂诗开始流行时，在初期由于宽正改革受到压制，到了明治时代，日本开始逐步受到欧风影响，作为日本汉诗之一的完成形式，无论是读者还是作者，都不会回到原来的环境中了。

歌川丰国年画"江户自慢三十六兴"之"向岛堤花饼",描绘了两位妇女在向岛堤捡拾樱花,准备做樱饼的情形(日本国立国会图书馆藏)。

第八章　流泪的诗人——良宽

良宽(1758—1831)，江户后期曹洞宗禅僧，创作了大量充满个性的诗、书法、和歌。他一直住在寺庙，过着清贫的生活，无妻无子。闲暇时，常托钵访问农家，与孩子们交谈。他一生结交了许多文化名人，与龟田鹏斋成为志趣相投的朋友。良宽的诗都根植于生活，表现了独特的人生感悟。

成长的经历与漂泊的生活

良宽，越后国(新潟县)出云崎町人，姓山本，幼名荣藏。其家族是当地望族，世代担任名主(相当于村长)。其父山本左门泰雄也是名主，长于俳句。少年良宽进入当地私塾，学习儒学和诗文。当时，正是十八世纪后期，荻生徂徕为代表的古文辞学派成为越后儒学的主流。少年时代的良宽喜欢读书，善于独立思考，他曾作五言绝句，记录少年时期的生活。

一思少年时，读书在空堂。

灯火数添油，未厌冬夜长。

（《冬夜长三首》其三）

在漫长的冬夜，我数次为油灯添油，刻苦读书，不知疲倦。十八岁时，良宽随名主见习，在光照寺剃发出家。据说因其父与名主产生了矛盾，作为名主的见习，良宽卷入官方与渔民的纷争，遂遁入空门。二十二岁时，备中（冈山县）的国仙和尚访问越后，良宽投入其门下。在赴备中修行时，国仙和尚圆寂，他便一个人在诸国云游。由于修行极具佛道，救济民众和济世成为他最大的理想。三十九岁时，良宽回到越后，把半生遭际写成诗。

少年舍父奔他国，辛苦描虎猫不成。

个中意志人倘问，只是从来荣藏生。

（《阿部氏宅即事》）

自己年轻的时候背井离乡，想去学画虎，结果连猫也没有画成，最终还是荣藏而已。"荣藏"，山本荣藏，为良宽的本名。作者对自己半生进行了痛切反省。良宽十岁至二十岁这十年，田沼意次担任老中，这便是所谓的"田沼时代"，殖产兴业，经济发展，政治上却逐渐腐败，贿赂贪脏，道德日益沦丧。后来，干旱、火灾、暴风雨、火山爆发，传染病持续发生，终于引发了农民起义和米骚动（1918年[大正七年]，日本爆发的第一次全国性的大暴动。这次暴动以渔村妇女抢米为开端，各地一般也以抢米形式爆发，所以在日本习称"米骚动"。译者注）等遍布全国的暴动。此时，良宽正在各地云游，这些不祥之兆，在良宽心中留下了阴影。良宽返回家乡时，双亲已经去世，家道中落。良宽得到村中友人的帮助，辗转于各个寺庙度过了余生。

晚 年

为了寻求精神上的慰藉,良宽七十岁时与一位名叫贞心尼的二十九岁尼姑相爱了。贞心尼长于和歌,为良宽的入室弟子,她与良宽以歌言情,频繁互动。

良宽去世四年后,贞心尼编成《荷花之露》一书,收录良宽的和歌以及良宽与自己的唱和之作。此外,这部书中也记录了良宽的生平,是重要的资料。贞心尼从幕府末年至明治初期作为歌人一直活跃于歌坛,到明治五年(1872)仍然健在,并出版了全集。

良宽回到新潟后,正是文化、文政时代(1804—1829),又被称为"化政时代",是日本文化的繁荣时期。各地学者、文人纷纷到访越后,如柏木如亭、大洼诗佛、龟田鹏斋等人。龟田鹏斋与良宽意气相投,两人的书风、创作都极为相似,互相影响。

文化、文政时代,越后国的生产力持续发展,经济上也有了长足进步。文化十一年(1814)十一月十二日晨,"三条地震"发生,信浓川流域因地震倒塌的房屋在 20000 间以上,死亡人数达 1500 人以上。余震持续了两个多月,此时正是越后最寒冷的冬季。良宽写下以《地震后诗》为题的长篇古体诗,叙述了劫后余生的感慨。

> 来日复来日,严寒引肌裂。
> 日光被云遮,突风卷上雪。
> 最近四十年,世中多轻薄。
> 天下虽泰平,人心有邪恶。
> 正义遭践踏,趋利要避害。
> 此时遭天灾,未免过于迟。
> 我志便在此,奋起得机会。
> 他人遭天谴,莫要日夜啼。

大地震是上天的警告，人们需要自省。即使到了晚年，良宽也不是以长者形象示人，而是保持着年轻人一样的激情。

良宽的诗

关于诗歌创作，良宽有自己的见解："世间一般的诗与自己的诗是不同的。"有人对他说："你的诗不符合诗歌创作平仄、押韵等方面的基本规则。"良宽回答："自己没有优秀的诗，但心中却非常想写出这样的诗，主要是自己也没有遵守这样的规则。"贝多芬是与良宽同时代的德国作曲家，他比良宽小十二岁，去世比良宽早四年。良宽认为："要想获得美，就不得不打破一些规则。"他们在这方面有着共同的感悟。正如没有人否定不符合规则的贝多芬的乐曲一样，也没有人否定规则之外的良宽的诗。

良宽的诗表现的是作为曹洞宗禅僧的一种心境，与"偈"近似。他的诗吟咏了世俗的烦恼，描写了朴素的农村生活。良宽的许多诗作激情洋溢，如："人因为有了爱欲，才会有生活的动力。然而仅有爱欲的愿望，人生本身还是不能成长起来的。这就像秋夜里湖中水面浮出的月亮，猴子如果捞月的话便会在水中淹死。"（《杂诗》其三十七）良宽的作品中，还有劝人从烦恼解脱出来的说谕诗，有批判现实的讽刺诗。下面这首诗以身边的小动物为题材。

杂诗 其二十七
五言古诗

家有猫与鼠，同是一蒙皮。
猫饱膝上睡，鼠饥夜中驰。
猫儿有何能，捉生一曷奇。
鼠子有何失，穿器也可悲。

器穿可再修，逝者不复归。
倘较罪轻重，秤可倾猫儿。

【释读】

在良宽的诗集中，以"杂诗"为题的有八十八首，这是第二十七首。

家有猫与鼠，同是一蒙皮。
猫饱膝上睡，鼠饥夜中驰。

这是第一段。我家中有猫和老鼠，它们都披着一样的毛皮。无论是猫，还是老鼠，外表看起来都没有什么不同。猫吃饱了便趴在我的膝盖上睡着了，而老鼠却因为饥饿而在夜里奔跑觅食。

猫儿有何能，捉生一曷奇。
鼠子有何失，穿器也可悲。

这是第二段，把猫和老鼠的习性作了比较。人们比较喜欢猫，而老鼠却不受人们待见。受到照顾的猫有什么能力呢？它们能够捕捉活物，这或许是它们的优势吧。被虐待的老鼠的缺点是什么呢？是把器物咬坏，令人感到可恶。

器穿可再修，逝者不复归。
倘较罪轻重，秤可倾猫儿。

鼠咬坏了器物还能修理，猫咬死的活物却无法复活。两种罪行相较，猫的罪更重，所以秤朝那边倾。

在这首诗中，良宽以军配（古代日本指示军队布阵、进退的命令。译者注）的方式来对待猫和老鼠，都使用爱称，表明了自己的态度。把猫称为喵公、鼠称为鼠子，由此可见出他的谐谑。即使是被蚊子叮咬了，他也会感觉"蚊子也是可怜的东西"，于是便让它吸血。良宽也有写蚊子的作品。

新潟市西大畑公园内的"良宽游戏"雕像　（新潟良宽会提供）

再看下面的作品，写在一个晴朗的春日，良宽与孩子们一起郊游。

杂诗　其七十九
五言古诗

青阳二月初，物色稍新鲜。●

此时持钵盂，得得游市廛。●

儿童忽见我，欣然相将来。○

要我寺门前，携我步迟迟。○

放盂白石上，挂囊绿树枝。

于此斗百草，于此打球子。

我打渠且歌，我歌彼打之。

打去又打来，不知时刻移。

行人顾我笑，因何其如斯。

低头不应伊，道得也何似。

要个知中意，元来只这是。

【释读】

这是一首长篇古体诗，首先来看第一段（一—四句），春天到来的二月某一天，作者托着钵走在街上。

青阳二月初，物色稍新鲜。

此时持钵盂，得得游市廛。

"青阳"，春季。按照中国的五行之说，青色为春天的颜色。"青春"，在汉诗文的世界中也有春季之意。在春天的二月初，"物色"，即春天的景色已经逐渐呈现。草木、鲜花如同人心一样，在春季慢慢地展现出生机。"得得"，指满足的心情。

儿童忽见我，欣然相将来。

要我寺门前，携我步迟迟。

第二段（五—八句），写孩子们看到我，高兴地跑过来。"忽"，突然、着急之意。良宽感到有些出乎意料，在外出途中遇到孩子们，非常高兴。孩子们把我约到寺庙门前，拉着我的手，带着我悠然而行，他们担心良宽上了年纪，于是放慢了脚步。

放盂白石上,挂囊绿树枝。

于此斗百草,于此打球子。

第三段(九—十二句),写到达游乐场所之后。我把钵放在白色的岩石上,把袋子挂在绿色的松枝上。于是和孩子们开始在绿草地上玩游戏,心情不由开朗起来。"斗百草"是一种玩草的游戏,从中国传来,也称为"斗草",把各种各样的草收集起来,看谁的草最好;或者说出对方收集的草的名字,以此游戏。端午进行这样的活动,日本在平安时代以后较为流行,称为"草合""玩草"。良宽诗中的斗草是一种单纯的游戏,就是把草茎从对方的手中牵引出来,成功牵引出来的便是赢家。

我打渠且歌,我歌彼打之。

打去又打来,不知时刻移。

第四段(十三—十六句),描写了游戏的快乐。我和孩子们和着节拍,越唱越高兴。我唱歌的时候,孩子们和着我的节拍,一点儿也没有感到时间在流逝。

行人顾我笑,因何其如斯。

低头不应伊,道得也何似。

要个知中意,元来只这是。

第五段(十七—二十二句),写行人看到我的样子,不由笑了起来:你这是做什么? 为什么成这个样子?"其",在这里表示强调。街上的人看到良宽会想:"这不是一个大人的行为吧?"他们这样发问,良宽也不回答。最后是孩子们充满禅意的问答,全诗以此作结。

　　日本江户时代的农村有"间引"（日本江户时代因子女多、养育困难而采取的溺婴、杀婴、弃婴行为。译者注）的陋习，越后则例外，不太有"间引"。外地女子纷纷从其他地方嫁到越后，或养蚕、或制丝。在越后，还有游女，以及卖饭的女子（非公认的游女）。

　　再来看良宽另外一首诗。

杂诗　其二十五
五言古诗

余乡有一女，龆年美容姿。
东邻人来问，西舍客密期。
或者传以言，或者贻以资。
如此历岁月，志固共不移。
吁妾一人身，岂随两个儿。
决心赴深渊，哀哉其尔为。

蕗谷虹儿绘真间手儿奈像，作于昭和四十五年(1970)。

【释读】

　　作者假托传说中的女性真间手儿奈，叙写对女孩悲惨一生的同情。真间手儿奈为《万叶集》中的人物，又被称为真间乙女。"奈"为接尾语，有美丽、可爱的意思。真间手儿奈居住在下总葛饰，即今天千叶县市川市的真间，许多男孩向她求爱，都被她拒绝。一些男孩为她得了相思病，有的因为被拒而精神失常。手儿奈看到这些人因自己的原因遭到不幸，非常痛苦，于是便投水自杀了。传说武尊（也称日本武尊，《古事记》作倭建命，《风土记》作倭武天皇，本名小碓尊，另有日本武、大和武等称号，为日本神话中的人物，传说其力大无穷、善用智谋。景行天皇期间，武尊为大和王权开疆拓土，英年早逝，其子嗣为当代天皇之直系祖先。译者注）也倾倒于手儿奈的魅力。公元8世纪，高僧行基（也称行基菩萨）为手儿奈建了寺庙，据说弘法大师和日莲圣人（也称大日莲［1222—1282］，俗姓贯名，幼名善日。祖籍远江国［今静冈县］，生于安房国［今千叶县］小凑，为日本佛教日莲宗创始人。著有《观心本尊抄》《开目抄》《报恩抄》等。译者注）也经常光临她家。作为日本历史上著名的女性之一，手儿奈现在作为结缘之神、生育之神而受到人们的崇拜。

余乡有一女，龆年美容姿。
东邻人来问，西舍客密期。

我的家乡有一位美女，从幼年时代就展露出美丽的容颜。"龆年"，指褪去乳牙的年龄。很快手儿奈便长成了大姑娘，东邻的小伙子向她表达了爱慕之意；西边的邻居来到手儿奈家中，他也有约会的想法。

或者传以言，或者贻以资。
如此历岁月，志固共不移。

第五、六句出现了"……以……"的句式，或者有时以语言表达爱慕之意,或者有时赠送礼物,这应该是给手儿奈写信的内容。东、西两位邻家小伙子都给手儿奈送去了漂亮的礼物,都表达了"你一定要嫁给我"的决心,哪一位都不想退让。

> 吁妾一人身,岂随两个儿。
>
> 决心赴深渊,哀哉其尔为。

"吁",悲叹之语。我一个人怎么能够兼顾两个人,真是难办。于是女孩下定决心,投水自杀了。"哀哉",似乎是手儿奈发出的哀叹。

这首诗笼罩着一层深深的悲情,实际上,良宽的人生也充满了悲剧色彩。良宽年轻时出家,经过长时间的修行,最后回到故乡,家道已经没落。年轻时的挫折感、无力感令他挥之不去,伴随了他的一生。良宽心中潜藏的真心告白,也只能写在他的汉诗中了,与良宽的和歌相比,他的汉诗似乎更能反映他的内心世界。

第九章　激情燃烧的诗人——赖山阳

赖山阳(1780—1832)，江户后期人，长于诗文、书画，日本著名的文化学者和历史作家。

热血潮

赖山阳生于大阪。父春水(名惟完，字千秋)，出生于安艺竹原(今广岛县竹原市)。赖山阳出生时，其父在大阪的私塾青山社讲授朱子学。母静子(号梅飔)，为大阪儒医饭冈义斋的长女，她长于和歌，是一位优雅、有教养的人，她五十八年间写成的持续没有中断的日记一直保存到现在。赖山阳家族有很多优秀学者，赖山阳深受影响。赖山阳自幼喜欢读书，九岁入安艺(今广岛县)的藩校(亦称藩黉，日本江户时代至明治初年藩政时代各藩的学校总称。江户前期，幕府和各藩不注重文治，仅有少数藩主设校。江户后期，各藩竞相设校，学校数量迅速增加。明治五年[1872]《学制令》颁布后，多数改为中学校。译者注)学习。求学期间，赖山阳对军记(军记物语，亦称战记物语、战记文学、军记文学、军记物语等。军记物语主要讲述军事故事，有大量文饰、附会、夸张、造假等文字。在日本文学史上，军记物语不仅数量多，而且历史久远，代表性的军记物语是《平家物语》。译者注）非常感兴趣，喜好历史物语，最爱读的是《保元物语》和《平治物语》。

在赖山阳十八岁这一年春天，他跟随江户藩邸的叔父杏坪上京，向寄寓在藩邸的尾藤二洲和服部栗斋学习，又与柴野栗山和古贺精里相识。栗山希望赖山阳学习《资治通鉴》，但他似乎对此不感兴趣。一年后，赖山阳随杏坪回到故乡广岛，从此再也没有回过江户。江户的学术和风气与赖山阳有些格格不入，或者说江户城的豪华超过了德川氏的权势，赖山阳对此颇感憎恶。二十岁时，赖山阳娶妻。两年后，赖山阳脱藩归隐京都。当时，藩儒的长子犯了脱藩的重罪而被追捕，在广岛受到牵连的赖山阳也被幽闭在自己家中，受到废嫡（废除家族继承资格）的处分，与妻子也离了婚。从幽闭至二十四岁冬天的三年间，赖山阳专心于读书和著述，完成了《日本外史》的初稿。

从备后到京都

赖山阳三十岁时，父亲的友人菅茶山邀请他到备后（广岛县）主持神边的廉塾。两年后，他来到京都讲学，名声越来越大。三十四岁时，赖山阳与江马细香（1787—1861，大垣藩[今岐阜县]兰医江马兰斋长女，幼名多保，字细香，号湘梦，赖山阳女弟子。江户时代著名女诗人。有《湘梦诗稿》《湘梦遗稿》等传世。译者注）相识，两人成为终生的师徒。三十五岁时，赖山阳与梨影再婚。

赖山阳三十七岁时，其父赖春水去世。服丧三年后，赖山阳行遍九州各地。其后在京都，他经常去探望寡母，与江马细香等门人交游，出卖书画维持生活。四十七岁这一年，赖山阳完成了《日本外史》，这便是《日本政记》的初稿。翌年，献给松平定信（1758—1829，号花月翁、白河乐翁,江户时代的大名、政治家,陆奥国白河藩第三代藩主,江户幕府第八代将军德川吉宗的孙子。译者注)。《日本乐府》也刊行于这一时期。修订完成《日本政记》后,赖山阳去世。

史家之职责

题不识庵击机山图

七言绝句(下平·五歌/六麻)

鞭声萧萧夜过河,晓见千兵拥大牙。
遗恨十年磨一剑,流星光底逸长蛇。

【释读】

这是一首关于日本战国末期川中岛之战的咏史诗。诗题中的"不识庵",越后上杉谦信(1530—1578)的号,他以越后(新潟县)为据点,扩张势力,成为战国的大名。"机山",甲斐武田信玄(1521—1573)的号,他以甲斐为据点,统治信浓(长野县)等地,成为战国的大名。围绕着北信浓的统治权,上杉谦信与武田信玄前后打了十二年仗,川中岛之战是日本战国史上最激烈和悲壮的战斗,谦信与信玄进行一对一的马上决斗,打成平手。

前半部分两句描写上杉谦信的军队趁着夜色下山,黎明时出现在武田军队的面前。

鞭声萧萧夜过河,晓见千兵拥大牙。

"萧萧",马的嘶鸣,这里写上杉谦信军队渡河。这条河为千曲川,渡过千曲川便到了川中岛。第二句写天亮时的情形,上杉谦信的大军集结在"大牙"(大将的旗帜)周围,尽展赳赳武夫的英姿。

后半部分两句叙写了战斗的结局,上杉谦信为竞争对手武田信玄感到遗憾。

　　　　遗恨十年磨一剑，流星光底逸长蛇。

　　十年间，上杉谦信始终磨剑以待。"流星光底"，在剑光闪烁的瞬间，上杉谦信向着如长蛇阵般的宿敌武田信玄的军队杀去，但可惜武田信玄逃走了，所以给上杉谦信留下了遗憾。"十年磨一剑"，出自贾岛《剑客》"十年磨一剑，霜刃未曾试"。赖山阳站在上杉谦信的立场写诗，诗中吟咏的其实是他自己的心境。

　　下面这首诗是写剑舞非常有名的作品。

本能寺

　　本能寺，沟几尺，吾就大事在今夕。

　　荻粽在手并荻食，四檐梅雨天如墨。

　　老阪西去备中道，扬鞭东指天犹早。

　　吾敌正在本能寺，敌在备中汝能备。

【释读】

　　川中岛之战二十年后，明智光秀（1528—1582，全名明智十兵卫光秀，日本战国时代名将，织田信长手下重要将领。明智光秀原为斋藤家臣，后为织田信长家臣。译者注）发动政变，突然袭击住在京都本能寺的信长，织田信长被杀，明智光秀本人也死于这次变乱中。当时，织田信长已是日本东北地区、关东地区以及九州地区的统治者，正准备进攻中部地区的毛利氏。织田信长派羽柴秀吉、丰臣秀吉进攻毛利氏，并派手下武将负责其他方面防务。于是，信长身边的防卫便空虚起来。此时，进攻毛利氏的丰臣秀吉被包围在备中国

（冈山县）的高松城中，急待救援。织田信长便离开根据地安土城进入京都，在本能寺住下来。而另一方面，明智光秀奉信长之命救援秀吉，从自己的根据地丹波（京都府中部和兵库县的中东部）龟山出发，率部进军。行进途中，光秀有了谋反之意，遂带领部属进入京都，把本能寺包围起来。信长的手下仅有百余人，而光秀手下则有一万三千余人，占据了绝对优势。最后，织田信长在本能寺的大火中灰飞烟灭。

赖山阳这首诗是站在明智光秀的立场上的，前半部分四句与后半部分四句在韵目（韵的种类）上发生了变化。前半部分四句说的是光秀之事，信长为攻毛利，命令光秀做好准备。光秀回到自己的根据地龟山之前，在京都的爱宕山参加了连歌（日本古典诗歌的一种。源于奈良、平安时代长短不等的两句诗的唱和。初由两人作一首和歌开始，和歌由5、7、5、7、7五句三十一音构成。一人作前半的5、7、5为长句，另一人接作后半的7、7为短句。镰仓时代进一步规范了连歌的创作。译者注）会，对于当时的武将来说，茶道、插花、连歌都是基本的素养。连歌会上，主人给客人准备了粽子。光秀连粽叶也一起吃下去，并问："本能寺沟深几尺？"周围的人感到很奇怪。

本能寺，沟几尺，吾就大事在今夕。
荟粽在手并荟食，四檐梅雨天如墨。

明智光秀在连歌会上发问：本能寺的沟有多深呢？他突然问沟的深度，又说今夜会有重大的行动。光秀一边说，一边拿着"荟粽"，连同"荟"一起吃下去。"四檐"，是指连歌会会场建筑的四方轩顶。建筑的四周，因为下雨，天空也变得黑暗了。

老阪西去备中道，扬鞭东指天犹早。

受命进攻备中、解救被围困的丰臣秀吉的明智光秀改变方向，朝本能寺前进。作者捕捉到光秀做出这个决定的瞬间，场所是在老阪。这是位于山阴道的要地，由此向西是备中，向东则是本能寺，光秀扬鞭驰驱的方向正是东面。此时，天空又开始暗下来。

　　吾敌正在本能寺，敌在备中汝能备。

明智光秀对部下说的"吾敌正在本能寺"这句名言，记载在江户时代元禄时期的军记物语中。这两句描写了本能寺之变前后光秀的态度。

赖山阳坚持"撰写历史的人也是人"的历史观，这种以人物为中心的历史观被导入今天日本学校的历史教育中。

描写海洋诗歌的杰作

《泊天草洋》为赖山阳三十九岁在九州旅行时所作。在为父亲赖春水服丧三年后，赖山阳与门人一起赴九州旅行。天草滩位于熊本县天草诸岛以西，赖山阳于当年八月末乘船来到这里。

泊天草洋
七言古诗

　　云耶山耶吴耶越，水天仿佛青一发。

　　万里泊舟天草洋，烟横篷窗日渐没。

　　瞥见大鱼波间跃，太白当船明似月。

【释读】

天草，位于云仙与阿苏中间，现在为国立公园。隔着大海，对岸为中国大陆。昭和四十一年（1966）架设了五座桥梁（天草五桥）。这首诗吟咏的是在天草洋午后至傍晚再到黎明看到太白金星时的情形。

开头两句描写从舟中看到的情形。作者在舟中眺望大海，描绘了看到太白金星的画面。

云耶山耶吴耶越，水天仿佛青一发。

“青一发”，青黑的毛发。这里指从海边眺望远处看到的陆地，出自苏轼《澄迈驿通潮阁二首》其二：“杳杳天低鹘没处，青山一发是中原。”从这里远眺，远处看到的是云？是山？还是对岸中国南部的吴国或越国？“水天仿佛”，向广阔的水面与浩瀚的天空远眺，南中国海岸仿佛是一缕青丝。

继之四句表现了日暮时分至半夜太白金星出现的情形。

万里泊舟天草洋，烟横篷窗日渐没。

我离开都城来到万里之遥的这个地方，小舟停泊在天草洋。窗外暮霭笼罩，我坐在船舱，看着夕阳西下。

瞥见大鱼波间跃，太白当船明似月。

不经意间一瞥，看到大鱼出没在波涛之间。不久，西面的天空出现了闪耀的“太白”。太白星的星光照耀在船上，如同月亮一般明亮。

以上三首诗的第一句都是格调高昂、给人留下深刻印象的名句。“鞭声潇潇夜过河”“本能寺，沟几尺”“云耶山耶吴耶越”，都气魄宏大，表现了赖山阳昂扬向上的心境。

细腻的心理描写

赖山阳不仅作有气魄宏阔粗犷的诗,也有不少表现纤细感受的作品。下面这首《卖花声》诗是他定居京都时于初春所作。

卖花声
七言绝句(下平·六麻)

细雨轻尘曲巷斜,声声呼彻碧窗纱。
城南红事深多少,又识东风到杏花。

【释读】

前面两句,写作者在床上听到雨巷深处传来卖花姑娘的叫卖声。

细雨轻尘曲巷斜,声声呼彻碧窗纱。

设定的场景为"我住在雨巷其中的一角"。"声声",卖花姑娘的叫卖声。"呼彻",传来的声音。"碧窗纱",青绿色的窗纱。"彻",放在动词之后,表示动作在进行。

后两句,写作者梦中想象的杏花盛开之事:杏花很快就要盛开,卖花姑娘步履轻盈。

城南红事深多少,又识东风到杏花。

"红事",很多盛开的鲜花。在这条街道以南,各种各样漂亮的鲜花盛开着。美景令人陶醉,这个季节是多么美好啊,全诗在作者的感慨声中作结。微妙的心理变化、意识的转移嬗变,都在短短的诗句中呈现出来。早晨的卖花声唤醒了作者朦胧的睡意,渐渐地他的意识变得清晰起来,想象着繁花盛开,陶醉于其中。

纤细的情感表达

下面这首诗是赖山阳四十五岁所作。这年三月,赖山阳将六十五岁的母亲梅飔接到京都。赖山阳年少时离开母亲,这是母子相隔十四年之后一同赏月,赖山阳非常高兴,他怀着喜悦的心情写下这首诗。

中秋无月侍母
七言绝句(上平·四支/十灰)

不同此夜十三回,重得秋风奉一卮。
不恨尊前无月色,免看儿子鬓边丝。

【释读】

前半部分两句,写时隔十三年才有在中秋与母亲共同吃团圆饭的机会。实际上是相隔十四年,但诗中却用了"十三"这个数字。

不同此夜十三回,重得秋风奉一卮。

没有与母亲一起度过这样的节日已经十三年了。在秋夜的风中,奉上"一卮"给母亲,内心非常高兴。"卮",盛酒的器具。

后半部分两句写在中秋宴上本来应该升起的月亮却没有出现,赖山阳对此却有些小庆幸。

不恨尊前无月色,免看儿子鬓边丝。

"恨",在这里用作动词。在《题不识庵击机山图》诗与这首诗中,表示"遗憾、叹息"之意,表达叹息、后悔的情绪。为什么在宴席上看不到月光呢?原来是为"免看",即为了使母亲免于看到儿子的白发。"我"头上增加的白发母亲没有看到,这也是一个小确幸,诗作表现了作者细腻的感情。

最后这首诗是赖山阳赠给其高足江马细香的。江马细香是美浓(岐阜县)人,名"多保",被称为"多保小姐"。其父是美浓藩的兰方医(也称"兰医",江户时代一个小医学流派,以学习荷兰为代表的西医为主。汉方医在江户时代是主流,但兰医在外科手术方面比汉方医有更多的优势。译者注),名江马兰斋,是前野良泽(1723—1803,日本医学家。本姓谷口,后来成为丰前中津藩医者前野家的继承人。前野良泽四十六岁开始学习荷兰语,并前往长崎从事医学研究,后著成《兰日辞典》。译者注)的弟子,在全国享有盛名。赖山阳三十四岁赴美浓旅行,与名医兰斋先生见了面。之后,江马细香拜赖山阳为师,学习作诗。赖山阳曾想和她结婚,但这个愿望未能实现,两人始终保持先生与弟子的关系,细香则终生未婚。

雨窗与细香话别

七言律诗(上平·十四寒)

离堂短烛且留欢,归路新泥当待干。
隔岸峰峦云才敛,邻楼丝肉夜将阑。
今春有闰客犹滞,宿雨无情花已残。
此去浓州非远道,老来转觉数遭难。

【释读】

赖山阳作此诗时已经五十一岁,是他去世两年前所作,而细香也已经四十四岁了。细香这一年从二月起在京都停留了一个月，三月十一日回到美浓（岐阜县）的大垣，临行前，赖山阳在京都鸭川附近的料理屋为细香举行了送别宴，席间写下这首诗。

　　离堂短烛且留欢，归路新泥当待干。

　　"离堂"，从送别宴会的座位上离开，含有惜别之意。"短烛"，燃烧时间不长的灯火。虽然时光短暂，但还是希望快乐的时光能够延长，这是写宴会从开始到结束的时间很短。"归路新泥"，回去的道路因雨而变得泥泞难行。"新……"，有"刚刚……"之意，无论怎样也不能等待泥水干了。"当……"，有"一定……""当然、义务"之意，表达"希望再来"的心情。这两句吟咏了离别时的心境。

　　隔岸峰峦云才敛，邻楼丝肉夜将阑。

　　"隔岸"，鸭川的对岸。黑暗中，对岸的山峰好像有些模糊，天上的云彩也很快消失了。"邻楼"，相邻建筑内传出的三味线的琴声和歌声。"丝肉"中的"丝"，指弦乐器；"肉"，肉声，这里指歌声。听到三味线琴声和歌声，知道夜慢慢已经深了。

　　今春有闰客犹滞，宿雨无情花已无。

　　今年春天的三月是闰三月，作为客人的你仍然停留在这里。"宿雨"，连日降雨。阴雨连绵的天气令人厌烦，好不容易开的花也凋零了，这样的天气真是不好。

　　此去浓州非远道，老来转觉数遭难。

"此",京都。"老来"表示年龄大了。因为年龄大了,多次遭到他人的非难。本来情投意合的两个人,现在处境却发生了变化,这不能不令人感到遗憾。

赖山阳写这首诗时已经患上肺病,这些诗句仿佛他的遗言。这次分别之后,赖山阳与江马细香再也未能见面。赖山阳不久开始咳血,很快便去世了。赖山阳去世时,正是天保大饥馑(指天保四年—十年,即 1833 年至 1839 年日本因连年歉收而造成的全国大饥馑。译者注)发生之际。这一年,德国大文学家歌德(1749—1832)也去世了。

赖山阳精通历史学,他忠实记录日本社会的现实和风貌,为日本学术的发展树立了一个方向。赖山阳十八岁离开江户,与宽正三博士之一的柴野栗山先生见了面,栗山告诉他:"不要做诗人,要做历史学家。"并告诉他要熟读《资治通鉴》。赖山阳的诗作在表现历史题材时总是浑然天成,具有鲜明特色。

第十章　带有时代烙印的诗人——广濑淡窗

广濑淡窗（1782—1856）为江户后期的儒学家和教育家。这位丰后国（大分县）的诗人生活在江户时代将要终结、黑船（黑船事件是 1853 年美国以炮舰逼迫日本打开国门的事件。嘉永六年［1853］，美国海军准将马休·佩里率舰队驶入江户湾浦贺海面，双方于第二年签订《日美亲善条约》。日本被迫打开国门，向西方列强开放。黑船事件是幕府灭亡的导火索。译者注）到访的幕末时期。

这一时期，日本对西方列强已经有了强烈的警惕。关于幕府的未来、国家的将来，许多人对此进行了思考，并且采取了行动，广濑淡窗也是其中之一，他的教育思想对明治时期的学校教育也产生了很大影响。

在文化的环境中成长

广濑淡窗的故乡日田，在江户时代为幕府的直辖地，为西国郡代役所设置，是物产汇聚、流通的繁华之地。

广濑淡窗出生于名为"博多屋"的商人之家，其父贞恒是这个商人之家的第五代。贞恒开始承担挂屋（诸大名的金融业）之任，在为诸藩办理公务之余，贞恒喜欢读书，能够创作俳谐，很有教养。伯父贞高也博学多识，精通俳谐、和歌，喜欢阅读汉文典籍。

广濑淡窗两岁就跟着伯父贞高认字，六岁开始学习和歌，并学习素读（是日本人对中国古代私塾教学方式的定义，指不追求深入理解，只是将其反复诵读，烂熟于心，从而达到夯实文化根基的目的。译者注），是当地的名士。他编撰书籍讲义，经常出席当地诗会。淡窗十六岁投入筑前的龟井南冥（1743—1814，江户时代中晚期儒者，医师龟井听因之子，幼时即从父学，十四岁从学于徂徕学派的学僧大潮，继而从大阪永富独啸庵学医，又赴长州谒山县周南请益徂徕学。为人豪放，长于诗文，被称为"镇西大文豪"。译者注）、昭阳（龟井昭阳[1773—1836]，南冥长子，江户时期儒者。其继承父亲家塾，专心教学与著述，培养了很多弟子。著述除《毛诗考》《左传缵考》等，还有《东游赋》等文学作品。译者注）父子门下，他深得南冥父子的教育真谛，并将这些教育之法记录整理了出来。

开家塾

二十三岁时，广濑淡窗听从仓重医师的忠告，把家业让给其弟久兵卫继承，自己则借长福寺的学舍专心办教育，学生人数不断增加。二十六岁时，广濑淡窗新筑桂林庄；又过了十年，又建成咸宜园，学生从全国各地云集于此。广濑淡窗的桂林家塾成为江户时代最大规模的私塾，学生人数达四千六百人以上。在教学、校规、履修课程（为了补充升学中不足的学分而参加相应的课程及考试。译者注）、成绩评价等方面都非常有特色。

诗是人情的表现

广濑淡窗的诗歌受到赖山阳等人的较高评价。其诗歌中最有名的是他三十多岁时写的以《桂林庄杂咏示诸生》为题的四首组诗。这首组诗作于文化十一、十二年(1814、1815)。组诗中最有名的是"其二"。

桂林庄杂咏示诸生四首　其二
七言绝句(下平·八庚)

休道他乡多苦辛,同袍有友自相亲。
柴扉晓出霜如雪,君汲川流我拾薪。

【释读】

前半部分两句是对学生的勉励之词,希望在他乡学习的学生要像朋友一样互助团结。"休道",不要说,不要说远离故乡在异乡生活辛苦。"同袍",源于中国《诗经》,有"共同生活、共同食宿"的意思。强调学友与学友之间要"自相亲",相亲相爱成为一家人。后半部分两句希望同学之间要互相鼓励,一起度过求学时光。"柴扉",用柴草编织的、没有装饰的门。门外的霜如同降雪一样,在非常寒冷的一个早晨,与塾生谈:"君汲川水我拾薪。"

如前所述,广濑淡窗的私塾是寄宿制,每个学生在学塾必须尽到自己的责任,发挥自己的作用。这是激励学生努力奋斗的一首诗。

桂林庄杂咏示诸生四首　其三
七言绝句(下平·八庚)

遥思白发倚门情,留学三年业未成。
一夜秋风摇老树,孤窗欹枕客心惊。

【释读】

前半部分两句写儿子因为思念故乡的母亲,感到自己完不成学业了。"倚门情"与前面与谢芜村的《春风马堤曲》中母亲倚门等待孩子归来的心情相似。

后半部分两句写古树被夜风吹拂的情景。晚上秋风呼啸,庭院中的老树也被吹得摇动起来。"孤窗",孤独的窗边。向窗外望去,风吹老树,树叶摇动。窗边枕上,远离故乡的人越来越感到有些恐惧。第三句典出于《韩诗外传》"树欲静而风不止,子欲养而亲不待",第四句写学业还没有完成,不能为双亲尽孝的惴惴不安的心情。

桂林庄杂咏示诸生四首　其四
七言绝句(上平·十一真)

长铗归来故国春,时时务拂简编尘。

君看白首无名者,曾是谈经夺席人。

【释读】

这是组诗的"其四",是对离开桂林山庄回乡的学生的送别、激励之词。

第一句"长铗归来"出自《史记·孟尝君列传》,是中国战国时代冯谖的故事。他仕于齐国公子孟尝君,因对自己的待遇不满,经常抱着长剑唱歌:"长铗归来乎!"周围的人对他极为厌恶,孟尝君知道冯谖有年老的母亲,十分关照他。"归来",这里与"归去来"义同,有"归来吧!归来吧"之意。"时时",有经常的意思。对所读的书要经常打扫,不能使书籍蒙尘。第二句勉励学子即使回到故乡,也要努力读书。

后半部分两句,是说毕业后也要钻研不怠,学问是一生的事业。你看那个长着白发、没有什么名声的男人,曾经是"谈经夺席"的人。

"谈经夺席"是广濑淡窗私塾的学术活动,讨论经书(教授的古代典籍)的意义,见解独到者入上席。在私塾讨论中表现优秀的人,今后更要努力,学问是不能半途而废的。

这是一首带有劝勉性质的诗,广濑淡窗是一位称职的教育工作者。在漫长的夏日,广濑淡窗会和学生一起登上小山,走累了,也会随便躺下,由此也能看出广濑淡窗的人格魅力。

日本的罗勒莱

下面的这些诗可以反映广濑淡窗的另一侧面。

隈川杂咏五首　其二
七言绝句(上平·十四寒)

少女乘春倚画栏,哀筝何事向风弹。

游人停棹听清唱,不省轻舟流下滩。

【释读】

这首诗是文化八年(1811)、广濑淡窗三十岁左右所作组诗的第二首,是他在桂林庄从事教学的第四年所作。隈川是流经日田的一条大河,两岸景色非常美丽。前半部分的两句写河边楼台上,一位姑娘倚着"画栏"在弹琴。"乘春",趁着春天的好天气、好景色,春天的梦想也包含其中了。她弹着"哀筝",琴声中传出悲哀的音色,向着风吹的方向飘去,可为什么琴音传哀色呢? 后半部分两句,写游船上的游客听着女孩弹琴唱歌,在不知不觉中顺流而下。"下滩",漂向下游早濑方向。

这首诗不仅是单纯的描写,《论语》有"少之时,血气未定,戒之在色"(《论语·季氏》)。"色"在汉诗文中具有"美丽的"意思,有时也指自然与艺术,也包含"女性之美"的含义。全诗写听着女孩优美的琴声，游船仿佛停止了。由此笔者想到另一个同样浪漫的故事，美丽妩媚的魔女罗勒莱站在莱茵河边的一块岩石上，用迷人的歌声诱惑着船员，无数男子在她手中送了命。这个故事出自海涅（1797—1856）的诗，收录在他的诗集《歌集》（1827 年刊）中，同时代的西尔歇（1789—1860）用海涅的同名诗谱成一首叙事歌，成为德国最著名的一首歌曲。广濑淡窗可能受到他们的影响创作了这首诗，他也曾以拿破仑为题作诗。后来吟咏拿破仑在日本成为流行的主题，写西洋事物的诗逐渐代替了汉诗。

受人欢迎的先生

广濑淡窗先生喜欢饮酒，喜欢酒香。下面这首诗可能是在友人赠酒后所作。

咏保命酒　为备后中村氏

杂言古诗

东坡仅三蕉，太白乃一斗。
惟酒不同量，我似苏家叟。
独爱君家保命酒，仅倾半盏便怡神。
请看甘露仙浆味，不属鲸吸牛饮人。

【释读】

保命酒是备后（广岛县东部）鞆浦（广岛县福山市）所产的混成药酒，里面加有地黄、桂皮、忍冬、茴香、甘草等药草，始于江户时代初期的大阪汉方医中村吉兵卫。这种药酒在福山藩受到保护，明治初期只有中村家能够制造贩卖。保命酒参加过巴黎万国博览会，广濑淡窗经常收到中村馈赠的保命酒，非常喜欢。

东坡仅三蕉，太白乃一斗。

诗中写到两个爱酒的中国诗人，他们的情况与作者颇为相似。"三蕉"，小杯三杯。"蕉"，蕉叶，底部较浅的小酒杯，典出北宋苏轼《东坡志林》："吾少时望见酒盏而醉，今亦能饮三蕉叶矣。"东坡先生仅能小酌三杯，李太白却是斗酒不辞的大酒豪。"乃"，接续词，有意外之意和强调的意思，意为"不过是一斗酒"。即使同样喜欢喝酒，但因酒量不同，喝酒的情况也不同。

独爱君家保命酒，仅倾半盏便怡神。

第三句源于《论语》："惟酒无量，不及乱。"（《论语·乡党》）孔子认为酒是可以喝的，可以没有限度，但要有底线，不失礼就可以了。这两句是说，我喜欢你们家自制的保命酒，仅饮"半盏"，即小半杯便能够达到心"怡"的境地，心情也舒展起来。可惜的是，还有很多人没有尝过。

请看甘露仙浆味，不属鲸吸牛饮人。

"甘露"，神仙的饮料。"仙浆"，仙人的饮料，天上之人和仙人的饮料，有世人料想不到的味道。"不属"，不属于、不委托。"鲸吸"，像鲸鱼饮水一样，与杜甫《饮中八仙歌》"饮如长鲸吸百川"的比喻相同，形容一口气喝下大量饮品。"牛饮"，典出夏朝国君夏桀。夏桀作为著名的暴君，作酒池，"可以运舟，槽丘足以望十里，一鼓而牛饮者三千人"。作者说出了自己的看法：不像鲸鱼和牛那样能喝的人，就不要劝他喝酒了。喝酒使人感到快乐、放松情绪就行了。

漫游时的纪念

广濑淡窗曾多次被九州其他藩聘为教授。弘化二年(1845)春，六十四岁的广濑淡窗应肥前国(除佐贺县与壹岐对马之外的长崎县)大村藩之邀，外出讲学。讲学之后踏上归途，在唐津作了这首诗。

唐　津

七言律诗(上平·四支)

此是今游第一奇，虹林风景久闻知。

纡余海学佳人态，偃蹇松含傲士姿。

无复繁华道外域，独特清丽压西陲。

寻思昔日投诗处，落雁声中立少时。

【释读】

唐津位于肥前(除佐贺县和壹岐对马之外长崎县)的西北部、临玄界(海)滩的港湾，是通往朝鲜半岛、中国大陆的重要港口，江户初期作为城下町繁盛一时。

此是今游第一奇，虹林风景久闻知。

"虹林"，指虹松原，位于今佐贺县唐津市、唐津湾沿岸的松原上，是日本三大松原之一，是非常有名的旅游地。我今天到访此地，眺望虹松原的美好景色，并且在此之前已对此早有耳闻，写出自己初次到访城下町的喜悦心情。

纡余海学佳人态，偃蹇松含傲士姿。

这是一组优美的对句。"纡余",舒缓的样子,海是"佳人态"。"偃蹇",松树高大、茂盛的样子,形容胸有大志的"傲士",具备了优秀男人的品格。以松树比喻志趣高尚的人,《论语》经常这样用;而以"佳人"比喻大海,则是在古代中国典籍中从来没有看到的,或许是受到西洋文学的影响。

　　无复繁华道外域,独特清丽压西陲。

这也是一组对句,是对唐津的赞誉。"复",表示强烈否定。由于气候凉爽、市井繁华,虽然处于"西陲",但唐津却胜于九州其他地方,自古以来,唐津便是面向朝鲜半岛和中国大陆的港口。但奇怪的是,唐津的名声却没有传到"外域"。"外域",指外国或欧美各国。唐津这块土地,虽然外国对其不了解,但也是九州屈指可数的繁华之地。我的一生都在故乡钻研学问,执着于教育事业,最终我得到整个九州的瞩目。

　　寻思昔日投诗处,落雁声中立少时。

"昔日",这里指想起以前吟咏此地的赠诗。我如同"落雁"飞落于此,但不久便站立起来了。诗的最后两句,描绘了这样一幅图画。

七十自贺
七言绝句(下平·一先)

　　文章九命古来传,常恐身无福寿缘。
　　七十自嘲还自贺,不才翻被老天怜。

【释读】

　　这首诗为嘉永四年(1851)诗人七十岁时所写。"九命",九种不幸的命运。明王世贞《艺苑卮言》卷八有《文章九命》一文,把先秦至明代诗人、文人的不幸命运分为"贫困、嫌忌、玷缺、偃蹇、流贬、刑辱、夭折、无终、无后"九种。"贫困、流贬、无后"等交织在一起,自己能否挣脱不幸的命运,值得思考。我内心总是感到不安,身体羸弱,总担心寿命不长。

后半部分两句,诗人为自己的长寿感到欣喜。"嘲",戏谑、诙谐之意。如今已迎来古稀之年,我自己对自己的境况感到好玩儿,因此便自己祝贺自己。虽然看得开,有一丝苦笑,但最终还是感到欣喜。"不才",指没有作文章方面的才能。没有写文章的才能,但能写出好文章,或许这是上天在帮助我吧。

广濑淡窗一生笔耕不辍。安政三年(1856)春天,广濑淡窗中风,于十一月一日、以七十五岁高龄溘然长逝。

第十一章　寻求心灵的平静——夏目漱石

夏目漱石（1867—1916）作为日本国民大作家、大文豪，也是一位重要的汉诗作者，具有独特地位。

早期时光

夏目漱石（本名夏目金之助）出生在江户的牛込喜久井町（今东京都新宿区喜久井町），为名主（日本名田的占有者。平安时代中期，班田农民分化，口分田、垦田私有化。国家不再按人身而按土地征税、摊派徭役，并登记土地课役负担人的名字。土地以占有者的本名登记称"名田"，土地所有者称"名主"。译者注）夏目小兵卫直克的幼子（含异母姐在内的五男三女中的幼子）。金之助出生后，其家境逐渐没落，两岁时便被过继为严原家的养子，十岁才回到亲生父母身边。

夏目漱石自幼喜欢汉诗，他的家中藏有丰富的中国古典绘画与典籍，每当陶醉于此时，夏目漱石便忘记了现实，为书中的内容所吸引。十一岁时，夏目漱石小学毕业，进入府立第一中学，十四岁时转入以汉学为主的二松学舍。夏目漱石专注于汉籍，除了经书之外，他还爱读陶渊明和唐、宋诗文。漱石的长兄助言在东京帝国大学文科大学部专攻英国文学。这期间，夏目漱石与第一高等中学的正冈子规意气相投，他们一起创作汉诗和俳句，批评文学作品，感受到人生的极大乐趣。"漱石"之号便开始使用于这一时期。

任教职、赴英国留学

明治二十六年（1893），二十六岁的夏目漱石也从东京帝国大学文科大学部英文科毕业。随后，他在东京高等师范学校、爱媛县寻常中学（松山中学）、熊本第五高等学校等担任英语教师。三十四岁时，夏目漱石作为文部省的公费留学生赴英国留学。

然而，这一段留学时光并未给夏目漱石带来什么快乐，伦敦的气候令他非常不适应。此外，留学经费的不足、过重的学习负担、缺少知己的孤独感，幼时培养的汉籍文学观与英国文学之间较大的隔膜，这一切都令夏目漱石感到极大的痛苦，竟至患上了神经衰弱症。

两年后，夏目漱石回国。留学期间，他强烈地感受到"汉文学与英国文学存在着很大的差异"，同时他也认识到："自己存在的根源自于汉文学的素养，而英国文学又处于怎样的位置？"这个问题成为他一生的研究课题。

作家的创作活动

明治三十六年（1903），夏目漱石在东京帝国大学和第一高等学校任师，教授英语。授课之余，他撰写随笔和评论，发表翻译作品，明治三十八年（1905）一月，他在《杜鹃》杂志发表短篇小说《我是猫》，颇受好评，应读者要求一再连载。深受鼓舞的夏目漱石有了创作动力，迎来了创作的高峰期。在此之后，夏目漱石陆续发表了《伦敦塔》《幻影盾》等作品,这些作品获得读者的好评,他的名气越来越大,和仰慕他的年轻人见面的次数也越来越多。后来见面日成为定例,变成了门生与夏目漱石的谈话会。明治四十年(1907),四十一岁的夏目漱石应每日新闻社之聘,成为该社专职作家,于是辞去大学教职。

过早到来的晚年

夏目漱石在此之后一直保持旺盛的创作力,人气一路飙升。明治四十三年(1910),他四十四岁时,因肠胃病恶化,不得不赴伊豆修善寺温泉菊屋进行疗养。经过半年多休养,他的身体逐渐好转,又继续进入繁忙的创作中。之后,夏目漱石的胃病和神经衰弱症不断复发,但他仍然坚持创作、演讲、出版作品、与门人面谈等。

夏目漱石四十九岁这一年胃病恶化,还患上了糖尿病。大正五年(1916)十二月九日,夏目漱石去世,终年五十岁。

漱石与诗

夏目漱石的诗歌创作从十七岁开始,一生留下约二百首诗作。其诗风格,可以分为四个时期(参见和田利男《漱石汉诗研究》)。

第一时期(洋行以前),从十多岁至英国留学时的三十四岁。

第二时期(修善寺患病休养时期),从四十四岁秋天之后的四个月时间。

第三时期(对南画[日本绘画因受中国"南北宗论"影响而称"文人画"为"南画",并形成宗派。译者注]感兴趣的时期),从四十六岁至四十八岁。

第四时期(《明暗》创作时期),创作《明暗》并连载到他五十岁,即他生命中的最后一年。

在研究作为诗人的夏目漱石时，其最初时期、即上面所说的第一时期，有三个人对他的影响是非常值得关注的。夏目漱石十多岁时进入以汉学见长的二松学舍，在作诗、作文方面已显露出特质。他在二松学舍求学时，该校的创始人三岛中洲（1830—1913，名毅，字远叔，号中洲，别号桐南、绘庄等，通称贞一郎。备中［今冈山县］人。明治时期著名汉学家，曾任明治天皇的教席。创办私塾性质的旧式学校——二松学舍，为该校首任校长。有《论语讲义》《庄子内篇讲义》《中洲诗稿》《中洲文稿》等。译者注）给了他很大帮助，三岛中洲可以说是夏目漱石的第一位恩人。

夏目漱石原先有志于英国文学的研究，因此进入大学预科（后来的第一高等中学）。他有一个同学正冈子规，即那位因革新俳句而闻名的正冈子规。他们进行诗文切磋，正冈子规对夏目漱石的汉诗才能予以极高的评价："是具有千万人之第一的才能。"夏目漱石创作汉诗时，正冈子规都会点评，可以说，正冈子规是夏目漱石的第二位恩人。

夏目漱石三十多岁时，曾在熊本第五高等学校（五高）任职，同事中有一位长尾雨山先生。他比夏目漱石年长三岁，是汉学、书法、绘画大家。长尾雨山出生于香川县高松，曾在东京美术学校学习绘画，三十九岁移居上海，编撰了中国最早的教科书，后应美国波士顿美术馆之邀赴美。夏目漱石曾在长尾雨山指导下进行汉诗创作，在熊本五高时期佳作极多，这与长尾雨山的指导有很大关系。长尾雨山是夏目漱石的第三位恩人。

数年后，夏目漱石留学英国，回日本后，在第一高等学校和东京帝国大学任教，开始文学创作，声名鹊起。此时他的汉诗创作数量并不是很多，这种状况持续了十年之久。

夏目漱石四十多岁时，由于胃溃疡而大吐血，这便是"修善寺患病休养时期"，在此之后他开始大量创作汉诗，一直持续到第二时期、第三时期。

在最后的第四时期,他致力于长篇小说《明暗》的创作,创作汉诗也是每日日课。

修善寺休养之后,夏目漱石在汉诗中开始记录内心情感,敞开个人的心扉,倾听自己与自己的对话。从这一点来说,夏目漱石的汉诗恰好体现了他独特的个性。

第一时期的诗

来看一下第一时期的两首汉诗。一首是二十八岁时在东京高等师范学校所作,这是写给夏目漱石友人菊池谦二郎信中的一首汉诗。这一时期的夏目漱石还没有着手创作小说,汉诗和俳句多作于这一时期。

无　题

七言绝句(下平·十一真)

闲却花红柳绿春,江楼何暇醉芳醇。
犹怜病子多情意,独倚禅床梦美人。

【释读】

菊池谦二郎给夏目漱石的信中写了一首诗,于是夏目漱石按照对方诗中的韵回了这首诗。这首诗是按照"春""醇""人"的韵来作的,因此菊池先生的诗也应该是"春""醇""人"的韵。

此时,夏目漱石得了感冒,后来又咳血。他在给菊池的信中(三月九日寄出)写道:

　　……鄙人开始从医师处听说得了肺病的消息后,内心感到非常惊愕,遂不仕。

　　……听到得病的消息后,功名之心、个人情欲皆消失殆尽,

133

希望能如恬淡寡欲的君子一般,安静地生活。……性格中的俗气依然不改,旧观依旧,自己实际上就是那个样子。……

　　这首诗叙述了病人的心境,夏目漱石一生都与疾病相伴。前半部分两句,写了病中、病后的身体情况,写了春季的快乐。我现在闲来无事看到的是红花和绿柳的美丽春色。"芳醇",沉醉于酒香。心情不好的时候,则不必全身心地投入。后半部分两句,因为是病后之身,作者对自己内心较多的杂念感到苦涩。在坐禅中想到美女,心中不免有一些烦恼。读到夏目漱石的诗句,不由使人想起一休禅师的诗。

　　此外,第一句"花红柳绿"虽然有禅的"原生态自然之姿"的意思,但这里写的却是单纯的春天景色。红与绿,只是色彩的印记。夏目漱石在文学作品、特别是诗中非常注重色彩描写。夏目漱石四十岁时,其《文学论》出版,这是他在英国留学时就开始写作的。《文学论》第一编第二章"文学内容的基本成分"一节便有关于色彩的叙述。"假如诗歌中去掉色彩观念的话,那么诗歌会失去一半以上的魅力,从而变得没有诗味了。特别是在中国诗歌中,汉诗在色彩方面发挥出了相当的特色,红与绿、白与红、绿与黄、白与青这样的组合经常出现在汉诗中",色彩描写的作用是"白色表示华美,绿色表示安静、快乐,而红色表示一种气势,增加了一种美感"。这首诗也是能够表现夏目漱石诗歌"色彩"特色的例子之一。再看一下夏目漱石在熊本第五高等学校任教时的作品。

菜花黄

五言古诗

菜花黄朝暾,菜花黄夕阳。
菜花黄里人,晨昏喜欲狂。

旷怀随云雀，冲融入彼苍。
缥缈近天都，迢递凌尘乡。
斯心不可道，厥乐自潢洋。
恨未化为鸟，啼尽菜花黄。

【释读】

这首诗为明治三十一年（1898）、夏目漱石三十二岁的春天所作。春季某一天，作者来到菜花盛开的田中，于欣喜之余写下这首诗。菜花是经常出现在俳句中的题材，夏目漱石也有吟咏菜花的俳句。

第一段（一——四句）描写菜花鲜艳的黄色，这是一种令人不忍舍弃的美丽。

菜花黄朝暾，菜花黄夕阳。

"朝暾"，早晨初升的太阳。这里是说菜花的黄色像早晨的太阳映照出来，又像夕阳映照出来。

菜花黄里人，晨昏喜欲狂。

"菜花黄里人"的"人"字，大概是指作者自己。"欲狂"的"狂"字，在日语中多指病态的意思，但在汉诗文中则未必如此，表现的是"执迷""执着""狂热"的心理状态。我喜欢菜花已达到忘我的境界。

第二段（五——八句）是说自己的心态非常旷达，可以直飞到天上的世界，写希望飞往浪漫的世界。

旷怀随云雀，冲融入彼苍。

"彼苍"，是指"那个青空"，也指个人的喜悦之心。"冲融"，云雀飞向蓝色的天空。

　　　　缥缈近天都，迢递凌尘乡。

　　"天都"，传说是天帝居住的天上之都。"尘乡"，被尘埃包围着的地方，这里指下界的世俗人间。作者在遥远的天都，脱离了下界的世俗人间。

　　第三段（九—十二句）是说自己非常希望能够变身为鸟，在美丽的菜花上尽情歌唱，但这是不可能的，因此感到有些遗憾。

　　　　斯心不可道，厥乐自潢洋。

　　"厥乐"，是指环绕在菜花周围的快乐。"潢洋"，原是指水面深远辽阔，这里是夏目漱石比喻自己的内心世界。后面语气一转：

　　　　恨未化为鸟，啼尽菜花黄。

　　遗憾的是，我本人不能变成飞鸟，但仍然愿为艳丽的菜花尽情讴歌。能够这样做是一件好事，毕竟菜花的美丽是人类的语言所不能道尽的，而鸟儿的声音与此相似，全诗到此结束。

　　明治三十九年（1906），夏目漱石的《草枕》一书出版，书的开头有一段对这首诗的解说：

　　　　对于一个人而言，这个世界是无限的，而对于他人而言，又是与这个世界不能割断的。因而烦恼、愤怒、痛苦，乃至于哭泣，这些都是不可能避免的。而与此对应的权利、义务、道德、礼仪，却不容易得到。

　　　　所谓的小说和戏曲，都是描写人生的作品，因此不能脱离描写人情和世间之苦。实际上,人生中的许多事情都是在戏剧和小说中反复出现的内容。

那么在诗歌中的世界又是怎样的呢?即使同样是诗歌,如果说到西洋的诗歌,它是以描写人间的感情为根本,仍然是以爱和正义与自由,归结到世间的人情上来。而在最终仍然是回归到恋爱、孝亲行为、忠君爱国等方面。从这个角度而言,东洋的诗歌便是从中解脱的产物了。

如据《草枕》的记述,夏目漱石在诗中追求什么呢?他要追求的是清晰的故事情节。身处这个艰难的世界,想逃避并不容易,还是要面对现实。对夏目漱石而言,这便是"作诗"。如果还能"鉴赏诗歌",那就更好了。

然而实际上,无论是中国的陶渊明,还是王维,他们并没有度过安稳、快乐的人生。陶渊明虽然出身贵族,但他生活的时代,权力已从贵族的手中转移到实力激增的军阀手中。王维也是如此,虽说他早早进入官僚阶层,但并不适应官场风气。为了远离世俗的纷扰,他在都城的郊外置了别墅。从此他出入其中,在大自然中寻求一种心灵的安慰,过着"半官半隐"的生活。

夏目漱石并没有看懂陶渊明和王维的某些侧面,他的诗中描写的是他所醉心的理想之乡。从这一点而言,这首《菜花黄》并不是一首诗,而是他的理想之乡,或者是对理想之乡的憧憬,是充分表现夏目漱石性格的作品。

第二时期的诗

这首诗为明治四十三年(1910)九月、夏目漱石四十四岁时所作。

无　题

七言绝句（下平·十一尤）

秋风鸣万木，山雨撼高楼。
病骨棱如剑，一灯青欲愁。

【释读】

明治四十三年八月，夏目漱石赴伊豆的修善寺温泉疗养，住在菊屋旅馆。八月二十四日，他开始大吐血，一度病危。以后身体状况慢慢有了一些好转，他在九月二十日的日记中写道："夜来雨，失眠至极。"这首诗应该写于此时。十月中旬之后，夏目漱石住进东京的医院。

诗的前半部分两句是对疾风暴雨的描写，以明亮的心境作比喻，透露出内心的绝望感和不安感。狂风呼啸，刮倒了许多树木，把高楼也吹得摇晃起来。第一、二句沿袭晚唐许浑的诗句"山雨欲来风满楼"，许浑写这首诗时，社会动荡不安，夏目漱石便把这个内容引用进去。

后半部分作者写个人身体状况。因身体有病，所以人也瘦了，无论是手足，还是身体，已经形成"棱"，即骨骼突出、棱角如剑。后来，夏目漱石在其《往事琐忆》第十八章中回忆当时的情形："余生以来，此时吾骨硬而失眠至极。每当早晨时，醒来的第一记忆是全身感觉满是骨痛，不觉喊出声来。"这些内容用诗句表现出来。"一灯"，屋中的灯火。因为风吹过来了，所以屋中的灯火慢慢地摇曳着，忽暗忽明，此时的我感到悲伤而又可怜。

第三时期的诗

下面是第三时期的诗《春日偶成十首》中的一首。

春日偶成十首 其七

五言绝句（上平·十灰）

流莺呼梦去，微雨湿花来。
昨夜春愁色，依稀上绿苔。

【释读】

这首诗作于明治四十五年（1912）春，时夏目漱石四十六岁。作者用了孟浩然《春晓》中的素材，前半部分两句描写春天早晨醒来时的情形。作者先从梦境开始描写，在梦中仿佛听到流莺的呼唤，它在向我打招呼之后飞走了。此时，窗外下起了"微雨"。

后半部分作者想象因为下雨，花儿被雨水打湿了，散落在绿苔上，仍然是突出色彩：花的桃红色、苔的绿色。

第三时期，夏目漱石创作了较多五言绝句。五言绝句字数较少，创作上存在一定的难度。

第四时期的诗

大正五年（1916）五月末开始，夏目漱石的小说《明暗》在《朝日新闻》连载。八月中旬，作为午后日课，夏目漱石开始创作汉诗。这一时期，夏目漱石创作的几乎都是七言律诗。每天，他午前创作《明暗》，午后创作汉诗。

《明暗》这部小说，写了丈夫津田和妻子阿延之间的故事，成功塑造了一个对个人的不幸、社会的不公感到不满的男主人公小林的艺术形象，作品结构巧妙，描写细腻，可谓夏目漱石创作的新突破。

无　题

七言律诗（下平·八庚）

大愚难到志难成，五十春秋瞬息程。
观道无言只入静，拈诗有句独求清。
迢迢天外去云影，籁籁风中落叶声。
忽见闲窗虚白上，东山月出半江明。

【释读】

这首诗作于大正五年十一月十九日，是夏目漱石去世二十天前所作。

大愚难到志难成，五十春秋瞬息程。

第一、二句，作者回顾自己的人生，有一种"逝者如斯"之感。"大愚"，出自《庄子·天地》："知其愚者，非大愚也……大愚者，终身不灵。"知道自己愚蠢，并不是真的愚蠢，自己能够从执着中超拔出来，有一种达观之心便是"大愚"了，夏目漱石所追求的即是这种"达观"的心态。难以到达大愚的境地，便难以实现自己心中的目标。我的人生已过去了五十年，过去的时光真是"瞬息程"啊！

观道无言只入静，拈诗有句独求清。

第三、四句，夏目漱石表达一生追求的便是"道"与"诗"。观道而不表达自己的想法，并不是没有理由，而是寻求一种安静的境界。虽然有一些杂念，但可以用自己的心境来寻求安慰，作者追求的是这样一种心态。

迢迢天外去云影，籁籁风中落叶声。

诗进入后半部分,视线转向窗外。"迢迢",遥远的地方。"天外",流向太空的流云之姿。"簌簌",耳朵听到"沙沙"的声音,指风中落叶的声音。

忽见闲窗虚白上,东山月出半江明。

在没有人的房中,从窗户忽然看到外面的景色。东面的山顶已经发白,被明月一照,江面也是一片明亮。"虚白",语出《庄子·人间世》:"瞻彼阕者,虚室生白,吉祥止止。"意思是空的房间才显得敞亮,如果房间堆满了东西,有光亮也透不出来,人只有去除了杂念才能到达真理的境界。有智慧才能了解事物,不曾听说过没有智慧也可以了解事物。看一看那空旷的环宇,空明的心境顿时独存精白,而什么都不复存在,一切吉祥之事都消失于宁静的境界。这是庄子的解释。夏目漱石在房间中等待光明,他想到《庄子》中的句子,如何达到庄子所说的无心之境,成为他一生的思考。

在本书的十一章中,读者读到的是日本作家按照年代顺序撰写的汉诗,这些汉诗都表现出独特的个性。从总体而言,汉诗并不是短歌和俳句,具有独到的深度。用汉文书写的文语体格调较高,其中包含的汉语信息量较大,读来给人以"清爽"的感觉。

在本书中,笔者阅读汉诗带来的快乐感及充实感,都写在字里行间。如果本书能对阅读汉诗起到一些作用,那将令笔者非常高兴。由这本书能使日本普通读者乐于阅读汉诗,这是笔者期望的。

日本人在一千五百年的漫长岁月里,从汉诗中获得了许多精神食粮。今后日本人仍然会阅读汉诗,并进一步创作汉诗,汉诗创作还会进一步繁荣。

主要参考书目

总　记

国分青崖监修:《汉诗大讲座》全十二卷(艺术家出版社 1936—1938
　　年出版)①

菅谷军次郎著:《日本汉诗史》(大东出版社 1941 年出版)

桥本成文著:《日本汉诗的精神与释义》(旺文社 1944 年出版)

户田浩晓著:《日本汉文学通史》(武藏野书院 1957 年出版)

松下忠著:《江户时代的诗风诗论》(明治书院 1969 年出版)

猪口笃志著:《日本汉诗》全二卷(新释汉文大系 45、46,明治书院
　　1974 年出版)

猪口笃志著:《日本汉文学史》(角川书店 1984 年出版)

上野日出刀著:《漫游长崎的汉诗人　附记:宋明儒者的诗歌》(中国
　　书店 1989 年出版)

铃木健一著:《江户诗歌的空间》(森话社 1998 年出版)

---

　　① 第一卷未刊。

杉下元明著:《江户汉诗的影响与变容的系谱》(鹈鹕出版社 2004 年出版)

陈福康著:《日本汉文学史》(全三卷)(上海外语教育出版社 2011 年出版)

中野三敏著:《江户文化再考》(笠间书院 2012 年出版)

铃木健一著:《日本汉诗的魅力》(东京堂 2013 年出版)

第一章　儒臣的本心

坂本太郎著:《菅原道真》(人物丛书,吉川弘文馆 1962 年出版)

川口久雄校注:《菅家文草·菅家后集》(日本古典文学大系 72,岩波书店 1966 年出版)

小岛宪之编:《王朝汉诗选》(岩波文库 1987 年出版)

小岛宪之、山本登朗著:《菅原道真》(日本汉诗人选集 1,1989 年出版)

平田耿二著:《消失的政治家菅原道真》(文春新书 115,文艺春秋出版社 2000 年出版)

藤原克己著:《菅原道真诗人的运命》(高尔夫丛书 12,高尔夫出版社 2002 年出版)

大冈信著:《诗人菅原道真的忧郁美学》(岩波现代文库文艺 136,2008 年出版)

第二章　五山之魂

上村观光著:《五山文学全集》全五卷(思文阁 1992 年出版)①

玉村竹二著:《五山文学新集》全六卷(东京大学出版会,1967—1972 年出版)

---

① 初版为 1905—1915 年、1935 年。

第三章 狂癫之僧

富士正晴著:《一休》(日本诗人 27,筑摩书房 1975 年出版)

柳田圣山著:《一休〈狂云集〉的世界》(人文书院 1980 年出版)

荫木英雄著:《中世风狂诗一休〈狂云集〉精读抄》(思文阁 1991 年出版)

武田镜村著:《一休:生于应仁之乱的禅僧》(新人物往来社 1994 出版)

《国文学解释与鉴赏》第六十一卷八号《疯狂的僧人一休——实际与虚像》(至文堂 1996 年出版)

第四章 博学无双之人

堀勇雄著:《林罗山》(人物丛书,吉川弘文馆 1964 年出版)

神田喜一郎著:《日本的中国文学》(二玄社 1965 年出版)

宇野茂彦著:《林罗山——生平及思想》(教养系列讲座 52,行政出版社 1987 年出版)

宇野茂彦著:《林罗山(附)林鹅峰》(日本的思想家 2,明德出版社 1992 年出版)

铃木健一著:《林罗山》(密涅瓦日本评传选,密涅瓦书房 2012 年出版)

土田健次郎译注:《论语集注》(全四卷)(东洋文库 841—844,2013—2015 年出版)

松本一男著:《访永田德本翁墓所》(《中医临床》第六十一卷一号,2014 年出版)

第五章 儒家思想的重新审视

一海知义、池泽一郎著:《儒者》(《江户汉诗选》第二卷,岩波书店 1996 年出版)

田尻祐一郎著:《荻生徂徕》(丛书:日本的思想家 15,明德出版社 2008 年出版)

第六章　和汉交汇

尾形仂校注:《芜村俳句集》(岩波文库 1998 年出版)

田中善信著:《与谢芜村》(人物丛书,吉川弘文馆 1996 年出版)

高桥治著:《芜村春秋》(朝日出版社 1998 年出版)

井本农一、久富哲雄、堀信夫、山下一海、丸山一彦校订、翻译:《〈奥州小径〉芭蕉、芜村、一茶的名句集》(阅读日本的古典 20,小学馆 2008 年出版)

玉城司译注:《芜村句集》(角川文库 2011 年出版)

第七章　短暂的流光

浜田义一郎著:《大田南亩》(人物丛书,吉川弘文馆 1963 年出版)

深川区史编纂会编《有关的江户深川情绪研究》(有峰书店 1975 年出版,1926 年初版)

日野龙夫、高桥圭一编:《太平乐府及其他 江户狂诗的世界》(东洋文库 538,平凡社 1991 年出版)

白石勉编:《江户切绘图与东京名所绘》(小学馆 1993 年出版)

羽鸟升兵著:《漫游东京》(读卖新闻社 1995 年出版)

中野三敏、日野龙夫、揖斐高校注:《寝惚先生文集 狂歌才藏集 四方之光》(新古典文学大系 84,岩波书店 1993 年出版)

新潮社编:《江户东京物语》下町编(新潮社 1993 年出版)

秋山忠弥著:《江户讽咏散步 文人们的漫游小旅》(文春新书 058,1999 年出版)

第八章　流泪的诗人

井本农一著:《良宽》(全二卷)(讲谈社学术文库 210、211,1978 年出版)

内山知也著:《良宽诗 草堂集贯华》(春秋社 1994 年出版)

井上庆隆著:《良宽》(日本汉诗人选集 11,研文出版社 2002 年出版)

《文人之旅》创刊第二号《特集:良宽 多彩多姿的梦》(里文出版社
　2002 年出版)

第九章　激情燃烧的诗人

小西四郎等监修:《纪念赖山阳逝世一百五十年文物展》(赖山阳旧
　迹保存会、日本经济新闻社 1982 年出版)

入谷仙介注:《赖山阳 梁川星岩》(江户诗人选集第八卷,岩波书店
　1990 年出版)

水田纪久、赖惟勤、直井文子校注:《菅茶山 赖山阳诗集》(新日本古
　典文学大系 66,岩波书店 1996 年出版)

大口勇次郎编:《赖梅飔日记研究》(御茶水女子大学赖梅飔日记研
　究会 2001 年出版)

揖斐高译注:《赖山阳诗选》(岩波文库 2012 年出版)

第十章　带有时代烙印的诗人

工藤丰彦著:《广濑淡窗 广濑旭庄》(日本的思想家 35,明德出版社
　1978 年出版)

井上义巳著:《广濑淡窗》(人物丛书,吉川弘文馆 1987 年出版)

冈村繁注:《广濑淡窗 广濑旭庄》(江户诗人选集 9,岩波书店 1991
　年出版)

林田慎之助:《广濑淡窗》(日本汉诗人选集 15,2005 年出版)

第十一章　寻求心灵的平静

竹盛天雄编:《别册 国文学》第十四号《夏目漱石必携Ⅱ》(学灯社
　1982 年出版)

吉川幸次郎著:《漱石诗注》(岩波文库 2002 年出版)①

---

　①　1967 年初版。

一海知义:《漱石汉诗文译注》(《漱石全集》第十八卷,岩波书店
　1955 年出版)

其　他

渡边博等编:《现代新百科事典》(全六卷＋别卷)(学习研究社
　1965—1966 年出版)

国史大辞典编集委员会编:《国史大辞典》(全十五卷)(吉川弘文馆
　1979—1997 年出版)

近藤春雄著:《日本汉文学大事典》(明治书院 1985 年出版)

大曾根章介等编:《日本古典文学大事典》(明治书院 1998 年出版)

译后记

宇野直人教授是日本著名的汉学家,在日本汉学界享有极高的声望。因受到家学的影响,他对汉学研究情有独钟。宇野直人教授在日本 NHK 电视台做《读汉诗》栏目的主持人。这个栏目有点像中央电视台的《百家讲坛》,主要是以通俗易懂的语言,讲解中日两国的古典诗歌。由于中日两国有着两千多年的文化交流,因此汉文学对日本人来说并不陌生,《读汉诗》栏目在日本有较高的收视率。后来,我与宇野直人教授合作,把《读汉诗》中的一些内容与我所收录的日本汉诗名篇合在一起,编成《中日历代名诗选》(中华篇·东瀛篇),同时在上海古籍出版社、日本明德出版社出版,收获了许多好评。

宇野直人教授不仅热心向日本读者介绍中国诗歌,也致力于日本汉诗的推介。所谓日本汉诗,就是日本人用古代汉语和旧体诗的格律创作出来的文学作品。汉诗是日本文学、特别是日本古代文学的一种样式和组成部分,是中日文化交流的重要成果。中日两国存在许多相近的文化现象,虽然语言迥异,但文字部分却是相通的,因而中国古典诗歌这种艺术形式能够得以在日本风行。在日本,汉诗从公元七世纪中叶近江时代兴起,至明治维新时期走向衰落,前后盛行一千余年。在这一千余年中,汉诗不仅在日本朝野广为传诵,而且普通百姓也群起应和,诗人辈出,卓然成家。这是中日文化交流史上值得珍视的现象,也是一衣带水的两个邻邦在源远流长的文化交往中结出的丰硕成果。宇野直人教授撰写了《最想知道的日本汉诗——日本汉诗名家的诗作与情怀》这本书,介绍了菅原道真、一休宗纯、林罗山、荻生徂徕等日本汉诗名家的作品,从汉诗作者的生平事迹,到汉诗作品的释读,都下了极大的工夫。在日本,富士山作为国家的象征成为汉诗的一个主题,涌现出诸多以富士山为叙事主体的作品。宇野直人教授专门为富士山设了一章,不仅向读者介绍日本汉诗中吟咏富士山的作品,也为中国读者了解吟咏富士山内容的作品打开了一扇窗户。

中日两国有着两千多年的文化交流史,日本人把汉诗看作是日本文学的一个重要组成部分,并用汉诗来描写日本风物,其中的文学价值是非常高的。受宇野直人教授的嘱托,本人翻译了这本《最想知道的日本汉诗——日本汉诗名家的诗作与情怀》,希望通过这本书,使读者对日本汉诗有一个了解。也相信中国读者通过这本书,能系统地了解日本汉诗大家的作品,进而对日本汉诗文学有更加深刻的理解。

宇野直人教授在研究汉诗方面成就斐然,其人品亦如中国儒家所说的谦谦君子,研究中国古典诗歌的方法也独树一帜,并且数十年孜孜不倦,令人钦佩。本人在翻译此书时,是以一种虔诚、恭敬的态度进行的,即使如此,仍然担心不能准确体现日本汉诗的魅力和宇野直人教授的学术水平。由于本人水平有限,对日本汉诗的理解存在着一定的局限性,加之对宇野直人教授的学问理解得尚不十分透彻,因此在翻译书稿时可能会有一些不妥之处,衷心希望中日两国学者多多批评指正。

本书在翻译过程中,弟子李杰玲博士、刘洋博士等专门帮我从日本收集资料,本人就职的广西大学文学院也给予了很多支持,在此对他们的帮助表示诚挚的谢意。

李寅生

2022 年元旦于广西大学